文春文庫

ラーゲリより愛を込めて

原作・辺見じゅん
映画脚本・林 民夫

文藝春秋

この物語は事実に基づく

カムチャツカ半島
リ　ア
オホーツク海
樺太
ェト　連　邦
バイカル湖
シェット
チタ
ハバロフスク
満州
ハルビン
ナホトカ港
ルクーツク
ウランバートル
ウラジオストック
新京
モンゴル
民共和国
日本海
日本
舞鶴港
北京
朝鮮
大連
中　華　民　国

本書に登場する地域（昭和21年頃）

ラーゲリより愛を込めて

マスクをつけたスタッフが、音もなく近づき、空になったグラスに水を注《そそ》ぐ。

老人は軽く目礼すると、自分のマスクを外し、グラスに口を付けた。

すぐにさっとマスクを戻し、会場を軽く見回す。

披露宴会場の中でも、小さい方の部屋だと聞いている。しかし、十分に間隔をとってテーブルが配置されたこの部屋は少しがらんとして見えた。席についているのは皆、新郎新婦の身内ばかりだ。皆、しっかりとマスクを着けている。そして、テーブルの上も、アクリル板で仕切られていた。

老人は新郎新婦に視線を向ける。若い二人は緊張した面持《おもも》ちで、スピーチしている親類の顔をじっと見つめている。新郎新婦だけはマスクをつけていないものの、その周囲は、仕方がないとはいえ、やはり無粋《ぶすい》なアクリル板で囲われていた。

「こんなことが起こるなんて思いもしませんでした。もう、あの頃の日常には戻れないかもしれません」

スピーチの言葉に、確かにそうだな、と老人は思う。マスクをつける生活がいつの間にか「日常」になってしまった。マスクを着けていない顔の方が不自然に感じるほどに。つい二年前には新型コロナウイルスという存在すら知らなかったというのが嘘《うそ》のようだ。

日常とは案外脆《もろ》く、不確かなものだ。

そのことを誰よりも知っていたはずなのになあと老人は目を細めて、新婦である孫娘の顔を見つめる。

彼女に直接会うのは久しぶりのことだった。離れて暮らす彼女は、新型コロナを理由にもうしばらく帰省していない。頻繁《ひんぱん》に連絡は取っていたが、やはり会うのとは違う。

自分は苦しかったのだなと、新婦の顔を見ながら老人は思う。

会いたい人に、会えないのは、苦しい。

「これから、世の中はどうなっていくのかわからない。そんな不安な時代の中、お二人は、この日を迎えられました」

スピーチの言葉に、新郎新婦はどちらともなく視線をあわせて微笑《ほほえ》んだ。柔らかな日の光が、新郎新婦を照らす。その光景に老人も思わず微笑んだ。

そして、その光景は、七十七年前の記憶を鮮明に思い起こさせた。

満州のハルビンで参列した結婚式。

あの日も、会場にはやわらかな光が差し込んでいた。

あの日のことは、鮮明に覚えていた。

家族と共に過ごす日常が、いつまでも続くと無邪気に信じることができた、あの幸せな瞬間のことを。

1

一九四五年八月八日。

満州ハルビンは気持ちのいいほどの晴天に恵まれていた。

料理店の二階にある宴会場にも、暖かな日の光が差し込み、何もかもを明るく照らしている。まだ日は高い時間だ。しかし、宴会場にはすでに酔いのうかがえる男たちの大きな笑い声が、あちこちから上がっていた。

主役である新郎は男たちからのお酌《しゃく》を、顔を真っ赤にしながら受け続け、新婦のたづ子はそれをハラハラしながら見守っている。

新婦の兄である山本幡男《やまもとはたお》はその様子を丸眼鏡の奥の目を細めて、見つめていた。山本は今年三十六歳になる。この年でまさか一等兵として戦争に駆り出されるとは、家族も誰も予想だにしていなかった。短く刈り上げられたばかりの頭は、ひょろりとした山本の印象をより強めている。着ている軍服もまだ新しい。襟《えり》につけられた階級章は軍隊で訓練を終えたばかりの一等兵であることを表していた。

息子の顕一《けんいち》、厚生《こうせい》、誠之《せいし》、妻のモジミ、そして、そのモジミの腕に抱えられたまだまだ小さい娘のはるか。テーブルには家族がずらりと顔を揃えていた。久しぶりに目にする家族の顔を、山本はひとりひとり見つめる。そして、にっこり笑うと、猛然と目の前の料理を食べ始めた。

テーブルの上には、つやつやとした青菜の炒《いた》めや大ぶりの餃子《ギョウザ》など、大陸の料理がずらりと並んでいる。モジミたちが苦労して用意した、心づくしのご馳走《ちそう》だった。

息子たちも父に負けじと、一心不乱に料理を口にする。

モジミはむずかる娘をあやしながら、ほっと胸を撫《な》でおろしていた。

たづ子の結婚式は本来、一か月後に予定されていた。それを、山本に手紙で伝えたところ、「結婚式は一か月早めること」とだけ書かれた短い返事が届いたのだ。理由もなくそんなことを言う人ではない。モジミは慌ててたづ子や義母のマサトと共に準備に奔《ほん》走《そう》し、なんとか八月に式を整えることができたのだった。

物資が揃わない中の準備は苦労も多かったが、嬉しそうにしている新郎新婦や、夫や息子たちの顔を見ていると、報《むく》われる思いだった。

「沖縄は陥落《かんらく》し、広島には新型爆弾も落ちたって話じゃないか」

不意にかけられた言葉に、山本は少し顔を上げる。参列者の一人である片山《かたやま》という男が、酔いのにじむ、少し淀《よど》んだ目で山本を見下ろしていた。片山は手にしていたグラスをグイッと呷《あお》って、言葉を続ける。

「どうなっていくんだろうな、この世の中って奴はよ。妹さんもこれから大変だぞ、山本」

片山はちらりと新婦を見やった。本土から漏《も》れ伝わってくる情報は、暗いものばかりだった。皆が不安を抱え、将来の見通しを立てることが出来ずにいた。たづ子と夫もこの状況で結婚をすることに随分と躊躇《ためら》っていた。その背中を押したのも、山本だった。

山本は片山の言葉が聞こえていないかのように、夢中になって箸《はし》を動かしている。国や軍についてあからさまに批判することはできなくても、なんとか鬱憤《うっぷん》をぶちまけたかったのだろう。片山は話に乗ってこようとしない山本に対して、つまらなそうに小さく鼻を鳴らした。

片山は他の参列者から酌を受けたのをきっかけに、山本のテーブルから離れていった。山本はそのことにさえ気づいていないかのように、実に美味《おい》しそうに、料理を食べ続けている。

「……素晴らしい門出だ」

不意に箸を止めると、山本はやわらかい日が差し込む窓を見やった。

「え？」

モジミは隣に座る山本の顔を思わず見つめる。山本は大きく微笑んでいた。

「素晴らしい結婚式だ」

山本は笑顔のままで、子供たちの顔をひとりひとり見つめた。子供たちは皿に顔を埋めるようにして、料理に夢中になっている。

「顕一、厚生、誠之、はるか……は、まだわからないか」

モジミの腕の中で、眠たげにうとうとし始めたはるかの顔を見て、山本はくすりと笑う。

「よく覚えておくんだよ」

子供たちはぴたりと手を止め、不思議そうな顔で父を見つめる。

「こうして久しぶりに家族全員でいられること。みんなの笑顔。美味しい食べ物。ハルビンの午後の日差し」

山本は穏やかな声で語りながら会場をゆっくりと見渡す。

まだ緊張の取れない様子ではにかんだ笑顔を見せる新婦、顔を真っ赤にしながら、参列者たちと笑い声をあげる新郎。時折、涙を浮かべながら、嬉しそうに娘の晴れ姿を見つめている母のマサト。そして、ハルビンの日差しに照らされたモジミと子供たち。

山本の笑顔が一瞬ふっと曇った。

不吉な影のような爆撃機の隊列が、山本の脳裏を過《よぎ》る。

山本はそのイメージを振り払うように無理やりにまた笑顔を浮かべる。そして、目の前の平和な光景を記憶に刻《きざ》み付けるように、じっと見つめた。

妹たちの結婚式の日の夜、山本とモジミはハルビンの知人に借りた小さな一室で、身を寄せ合うようにしていた。今夜はこの部屋に泊めてもらい、明朝、モジミと子供たちは家のある新京《しんきょう》へ、山本は軍に戻ることになっている。

子供たちはすでにすうすうと寝息を立てている。

しかし、山本もモジミも眠れないでいた。

朝になったらまた、離れ離れになるのだ。

そう思うと、さっさと寝てしまう気にはなれなかった。

山本に赤紙が来たのは一九四四年七月八日のことだった。

以来、夫婦が顔を合わせたのは数えるほどしかない。

とぼけた口調で「今から地獄へ行ってくるよ」と言い残し、山本は新京の家を出て、入隊した。もともとひょろりとして、体力もない山本のことだ。初年兵としての過酷な日々を耐えられるのだろうかと、モジミは気をもんだが、面会で顔を合わせた山本は思ったよりも肌がつやつやとしていた。家にいた時よりも、心なしか顔の輪郭もふっくらとしていたかもしれない。

元気そうな姿に、モジミは心底ほっとしつつも、少々複雑な気持ちにもなった。

モジミは知らされずにいたが、軍に入った山本は、そのロシア語の能力を買われ、特務機関に配属されていた。そのため、体力的にはずいぶんと楽をすることができていたのだった。

モジミは山本から軍で若い少尉の当番をしているとだけ聞いていた。家のことはモジミに任せきりで、一人ではお茶もいれられないような山本に少尉の身の回りの世話が務《つと》まるのかと思ったが、貴重なコーヒーをご馳走になったりと、よくしてもらっているのだと山本は嬉しそうに話した。家にいる時とまるで変らない、くつろいだ様子で、コーヒーを味わう姿が目に浮かぶようだった。一日だけとはいえ、休みをもらって、こうして家族で過ごすことができたのも、やはりその上官の計《はか》らいであるようだった。

「……明日、新京に戻ったら……」

暗がりの中でも、お互いの姿はうすぼんやりと見える。山本の無理に押し出したような小さな声に、モジミはじっと耳を傾けた。

「すぐに荷物をまとめるんだ」

「え？」

「そしてそのまま日本に帰れ。勝手にはもう帰れないかもしれない。それでもとにかく港を目指せ。南へ急ぐんだ」

モジミは不安に瞳を揺らした。結婚式の間、いつものようにゆったりとした態度に見えて、山本がどこかぴりぴりと緊張していたのが、モジミにはわかっていた。それだけ、事態は切迫しているのだ。山本には、きっとすぐそこに迫る未来が見えている。

山本が日本に帰れというからには、そうすべきなのだろう。

でも、とモジミは山本の顔をぱっと仰《あお》ぎ見る。山本は何かを確信したような静かな表情で、モジミを見ていた。

「……無理です」

「君ならできる」

幼い子供たちや姑を抱え、女一人で日本までたどり着けるとも思えなかった。旅費の問題もある。船に乗れるかもわからない。日本での生活基盤だってない。

何より、日本に帰るということは、入隊した山本を残していくということだ。

「できません」

固い声で答えるモジミに、山本は弱ったような顔で、「頼むよ」と呟《つぶや》いた。

モジミは不意にはっとして、「そうなの？」と問いかける。

「だから、私たちを結婚式に呼んだの？　いつまたこうしてみんなで会えるかわからないから」

山本は「いや、まだ……」などとしどろもどろに口にしている。そうだったのだ、とモジミは確信した。式を一か月早めさせた時から、山本はモジミたちを日本に帰すことを考えていたのだろう。

この人は軍で、何を見聞きし、何を察したのだろう、とモジミは思う。

「そうなのね。大体あなたみたいな人間が召集された時点でおかしいと思ってたのよ。三十六歳の一等兵なんて」

山本の襟元についた階級章。一等兵を示す二つの星は、山本にあまりに不似合いだった。どうして、この人が。思っても詮無《せんな》いことをモジミは思った。

「……やっぱり、日本は、もう」

かすれた息のようなモジミの声に、山本は答えなかった。それが何よりの答えだった。

山本とモジミはじっと見つめあう。暗闇に慣れた目にはお互いの固く強張《こわば》った表情が見えた。

次の瞬間、二人の顔は明るく照らし出された。外が異様に明るいと気付くと同時に、爆発音が轟《とどろ》く。足元がぐらりと揺れるような振動に、咄嗟《とっさ》に壁につかまる。

「ここまで米軍が？」

モジミの言葉に山本は首を横に振った。

「空襲警報が鳴らなかった。北から来たんだろう。おそらく、ソ連……」

ソ連とは相互不可侵を約束した日ソ中立条約を締結していたはずだ。だからこそ、北からの空襲に対する備えは薄かった。しかし、山本には驚く様子もない。空を睨《にら》む山本は、モジミには見えないものが見えているかのようだった。

子供たちを起こし、手早く荷物をまとめると、山本たちはハルビン駅を目指した。モジミが娘を抱きかかえ、山本が荷物を背負い、まだ眠たげに目を擦《こす》る幼い子供たちの手を引く。十歳になる長男は、けなげにも母の分の荷物を背負って、両親の後を懸命に追いかける。

汽車に乗れるかはわからない。運行しているのかも定かではない。しかし、少しでも南に向かう可能性に賭《か》けるしかなかった。

皆同じことを考えているのだろう。大きな荷物を抱えた人たちが駅に向かって必死の形相《ぎょうそう》で走っている。山本たちは人の波にもまれながら、必死に駅へと向かった。

本来であれば、敵襲を前に、山本はすぐさま軍に戻るべきなのだろう。しかし、家族を放って、軍に戻るという選択肢は山本の頭にちらりとも浮かばなかった。とにかく、駅まで送り届けたい。妹夫婦と一緒に泊まった母・マサトのことも心配だったが、無事に新京で再会できることを祈ることしか今はできなかった。

覚束《おぼつか》ない足取りの子供たちを励ましながら走り続けていた山本は、凄《すさ》まじい轟音《ごうおん》と共に吹き飛ばされた。音の爆発にさらされた耳が深海の底にいるように遠い。山本はぎしぎしと強張る体をゆっくりと起こした。一瞬で、目の前の光景は様変わりしていた。洋風の建築物が立ち並ぶモダンな街並みは、がれきの山と化している。

山本はあわてて周囲を見回した。爆風の衝撃で、子供たちの手を放してしまった。すぐに、よろよろ起き上がる次男と三男、そして、モジミの姿も見えて山本は胸をなでおろす。娘も無事のようだ。

山本たちのすぐ後ろにはひと際高くがれきが積み上がり、道を塞《ふさ》いでいた。すぐ横にあった高いビルが半壊している。少しタイミングがずれていたら、そのがれきは家族を直撃していたのだ。山本は子供たちの手を強く握りながらその幸運に感謝したが、長男の姿が見えないことに気付き、さっと顔色を変えた。

「顕一？」

モジミも一緒になって顕一の名を呼ぶ。しかし、応える声はない。まさかと思い、道を塞ぐがれきに目を凝らす。そのがれきの向こうに、子供が倒れているのが見えた。

「顕一！」

山本は躊躇《ちゆうちよ》なくがれきを乗り越え、顕一のもとにむかう。助け起こすと、その小さな体はぐにゃりとしている。思わず肝《きも》が冷えたが、顕一はゆっくりと目を開けて、「お父さん」とはっきりと呼んだ。山本はぎゅっと顕一を抱きすくめる。

山本はまだ意識が少しぼんやりとしている様子の顕一を抱え、慎重にがれきの山を登る。がれきの下から、モジミが手を伸ばす。山本はその腕に顕一を託した。

あとは自分もがれきの山を下りて、合流するだけだ。足を踏み出そうとしたその瞬間、轟音と共に新たな崩壊が起きた。ぐらりと足場が大きく揺れる。山本はずるりと足を滑らせ、倒れ込む。崩れ落ちる建物から降り注ぐ破片に、顔を覆《おお》った。

しばらくして、そっと顔から腕を外す。目の前には壁のようにがれきが積み上がっていた。道を完全に塞いでいる。半壊していた横のビルが完全に倒壊したのだ。

「あなた！」

壁の向こうから聞こえるモジミの声に、山本は立ち上がった。踏み込んだ足がずきんと鋭く痛んで、歯を食いしばる。どうやら痛めたようだ。

山本は足を引きずりながら、壁に近づく。壁には裂け目があり、通ることはできそうにもなかったが、向こう側にいるモジミたちの顔を見ることはなんとかできた。

下手にがれきを除こうとすれば、崩れて押しつぶされてしまうかもしれない。

山本もモジミもがれき越しに見つめあうことしかできなかった。

周囲からは絶え間なく激しい爆発音が聞こえてくる。人々の悲鳴や怒号があちこちで上がっていた。

「君たちは行け」

まっすぐにモジミの目を見ながら、山本は言った。

「え……」

「日本に帰るんだ！」

モジミは答えない。目に涙を溜《た》めて、山本を睨むようにして、歯を食いしばっている。

「お父さん！」

顕一がモジミの横から呼びかける。意識もはっきりし、怪我もない様子に、山本は微笑みを浮かべた。

「……顕一、弟たちと母さんを頼むぞ」

顕一も泣きそうな顔で歯を食いしばっている。

「すぐにまた会える。日本で落ち合おう」

山本は顕一に向かって、にっと笑った。そして、笑顔のまま、子供たちひとりひとりと目を合わせる。うまく笑えているだろうかと心配になりながら、強張りそうな笑顔を必死に保った。そして、最後にモジミを見つめる。モジミは血の気のない、真っ白な顔をしていた。

山本の願いに、モジミはもう無理だとも、できないとも口にしない。覚悟を込めて、ゆっくりと頷《うなず》いた。

モジミは泣き叫ぶ子供たちの手をしっかりと握り、走り出した。顕一は必死に母の背を追いかけながら、何度も振り返った。

狭い隙間から見える山本の顔は、変わらず笑顔のままだ。

激しい爆撃が続き、煙が立ち込める。

煙はあっという間に父の笑顔も飲み込み、辺りを覆いつくした。

2

松田研三《まつだけんぞう》は尻の痛みにかすかに身じろぎした。

クッションもない固くて冷たい床にじっと座り続け、列車の振動に直接さらされ続けているのだ、痛くもなる。しかし、体を伸ばすようなスペースはそこにはなかった。車両には虚《うつ》ろな顔で膝《ひざ》を抱える人がすし詰めになっていた。

貨物列車のような有蓋《ゆうがい》車両。まるで、荷物や家畜《かちく》のように詰め込まれているのは皆、満州でソ連軍の捕虜となった日本兵たちだった。

一九四五年八月九日未明に、ソ連は日ソ中立条約を破棄し、突如満州に侵攻した。そして、それから間もなく、八月一五日に日本は敗戦。満州にいた日本兵たちは、ソ連軍に拘束《こうそく》され、捕虜となった。松田もそうした日本兵の一人だった。

敗戦を知った時は、正直ほっとする気持ちの方が大きかった。松田は二十四歳とまだまだ若い。これで日本に、母のもとに帰って自分の人生を再びはじめられる。そう思った。

戦争はすでに終わっている。このまま日本に帰してくれるのだと、松田も他の捕虜たちもみなそう信じていた。だから、満州の収容所に収容されてから八か月後、多くの日本兵と共に有蓋列車に乗せられた時には心の底からほっとした。窓から海が見えた時には、「日本海だ」と皆揃って歓声も上げた。

しかし、海だと思ったものが、バイカル湖という信じられないほど大きな湖だとすぐに判明し、松田たちは一気に絶望の淵に叩き落された。バイカル湖の方に進んできたということは、日本とは反対の方に運ばれているということだ。日本に近づいているどころか、日本から遠ざかっていたのだ。

日本に帰れると思い込んでいた分、失望は大きかった。

ソ連は自分たちを帰す気はないようだ。それどころか、捕虜として大事にする気もないらしい。食べ物もろくに与えられず、捕虜になった時の軍服のまま、松田たちは少しでも暖を取るべく団子になって震えるしかなかった。終戦から八か月経ち、季節は春になっているはずだが、列車の外には、まだ小雪が舞っている。暖房もない車両の中は、体力をごっそり奪うような寒さだった。

排泄《はいせつ》は床に開けられた小さな穴を使ってするように言われていたが、穴までのわずかな距離を移動する体力すらない者もいて、車両には目が痛くなるような悪臭が漂っていた。そうした用を足す力も失った者の中には、そのまま静かに息を引き取る者も少なくなかった。

ソ連の兵たちは停車したタイミングで死体に気付くと、不用品でも始末するかのように無造作《むぞうさ》に捨てた。

車両の外に投げ出される、どさっという音を聞くたびに、松田は体をぎゅっと縮めた。こんな風に、知らない土地で家族にも知られずに、自分も最期を迎えるのかと思うとたまらなかった。

有蓋列車はどこまでもまっすぐに続く線路を、西へとひた走っていく。

なんとか体を丸めて横になっても、眠りはなかなか訪れなかった。周りの男たちも眠れないのか虚空《こくう》を見つめている。

一度眠ってしまったら、そのまま起きることなく、外に投げ捨てられてしまうのかと思うと、体は疲れ果てているのに、目はやけに冴《さ》え冴《ざ》えとしてくるのだった。

「オー、マイダーリン、オーマイダーリン」

突然聞こえてきた歌声に、松田は眉をひそめて、目をやった。

歌っているのは、車両の壁にもたれるようにして座っている、ひょろりとした男だった。松田と同じ一等兵の階級章をつけている。電線で雑に応急処置を施《ほどこ》した蔓《つる》の折れた眼鏡をかけたその顔には、うっすらと微笑みが浮かんでいる。どこかこの場にそぐわない飄々《ひょうひょう》とした雰囲気のある男だった。

「オーマイダーリン、クレメンタイン。ユーアーロストアンドゴーンフォーエーバー、ドレッドフルソーリー、クレメンタイン」

男が歌っているのは「いとしのクレメンタイン」だった。一瞬、堂々と敵性語で歌うなんてとドキッとしたが、もう戦争は終わっていたのだった。

男の歌声は段々と大きくなっていく。ほっそりとした体型に似合わぬ、よく通るいい声だった。

松田は顔をしかめた。男の行動がまったく理解できなかった。

日本に帰れないかもしれないのだ。すぐにでも死んでしまうかもしれない。そして、この列車が向かう未来には、爪《つめ》の先ほどの希望も見えてこない。

よくも歌うような気持ちになるものだ。松田はぎりっと奥歯を噛《か》む。周りの捕虜たちも、歌い続ける男をいらいらと睨みつけ、中には物を投げつける者さえいた。

しかし、男は歌うのをやめなかった。

捕虜たちの持ち物は少ない。すぐに投げつけるものも尽きた。皆、摑《つか》みかかる元気もない。

暗い目で膝を抱える捕虜たちの視線を浴びながら、男は歌い続けた。

音楽なんて、皆、長いこと耳にしていなかった。口ずさむこともなかった。

苛立《いらだ》ちながらも、久しぶりに聴く音楽に、耳が飢《う》えているような、そんな感覚もあった。

捕虜たちの何人かは男に近づき、音楽を愉《たの》しむように、リズムをとった。

その中の一人が懐《ふところ》からハーモニカを取り出した。まだあどけなささえ感じるその小柄な少年は顔を輝かせ、不意に伴奏に加わる。

男は少年に微笑みかけると、一層、力を込めて歌い続けた。

松田は遠くから、その光景を睨みつけるように見つめていた。

(この人は、正気を失っている)

それが、松田の感じた、歌い続ける男——山本幡男の第一印象だった。

3

捕虜たちが連れていかれたのは、シベリアの果てにあるスベルドロフスクにある収容所——ロシア語でいうラーゲリだった。どこまでも広がる鬱蒼《うっそう》とした森の奥に、ウラル山脈が連なっている。あまりに壮大な風景に、松田は打ちのめされるしかなかった。日本とは遠く離れた場所にいるのだと嫌でも突き付けられるような光景だった。

スベルドロフスクのラーゲリは小さく、まだできて間もないようだった。

門には表情の読めないソ連兵が、寒さに顔を赤くしながら、マンドリン銃を構えて立っている。

小雪が舞っていた。

捕虜たちは一列に並ばされた。しばらくして、もったいぶった様子で一人のソ連兵が彼らの前に立った。軍服や他のソ連兵の態度を見るに、将校のようだ。

「え……」

松田は思わず声を漏らした。将校の横に山本が立っていたからだ。

同じ捕虜だったのではないのか。

動揺する松田の前で、将校は語気の強いロシア語でまくしたてた。山本は歌っていた時の笑顔が想像できないほど固い表情で、将校の言葉を日本語で伝えた。

「おまえたちは……戦犯である。今後の収容所の生活は、収容所所長が命令する。逃亡者は……射殺する」

その言葉に松田たちは息を飲んだ。ただの捕虜ではなく、戦犯という扱いなのだと初めてはっきりと告げられた。罪を犯したものとして自分たちは扱われるのだ。そして、逃げ出せば、本当に躊躇なく撃たれるのだろう。

視界の隅に、軍曹だった相沢光男《あいざわみつお》という男が見えた。戦争は終わったというのに、頑《かたく》ななほどに軍曹としてふるまい続ける男で、松田はなるべく距離を取るようにしていた。三十三歳という年齢の相沢は、いかにも男盛りといった雰囲気で、肉体的にも精神的にもただそこにいるだけで周りを常に威圧している。

もともと鋭い眼光をさらに、ぎりぎりと尖《とが》らせ、相沢は山本を睨みつけている。相沢には山本がソ連に取り入ったように見えているようだった。

スベルドロフスクのラーゲリは捕虜たちが寝起きする建物さえ完成しておらず、ついて早々、松田たちはマンドリン銃を構えたソ連兵に見張られながら、労働させられた。ようやく風をしのげる部屋だけでも完成させ、就寝するころには、もうくたくただった。

しかし、次の日の早朝、捕虜たちはたたき起こされ、森へと送り出された。体はまだ疲れ切っていて、重い荷物のようだった。

昨日、小降りだった雪は、激しさを増している。申し訳程度の防寒具こそ渡されたが、寒さは容赦なく体温を奪い、次第に指の先や足の先の感覚は失われていった。

松田はかじかんだ手で必死に支給された斧《おの》を握り、木に打ち込む。うまく切り込みが入ったところで、他の捕虜と組まされ、二人用の鋸《のこ》を引かされた。

その様子を、自動小銃を持ったソ連兵たちが油断なく見張っていた。

二人がかりで必死になって引いても、木はなかなか倒れない。松田はちらりと山本の様子を見た。山本はまだ切り込みもつけられず、四苦八苦している。斧の刃はまともに木に当たっておらず、いかにも不器用な様子だった。

「貸してください」

見かねた若者が、山本の手から斧を受け取る。列車で山本の歌に合わせてハーモニカを吹いていた実《みのる》という少年だ。実は手際よく、あっという間に木に切り込みを入れた。

山本は感心したように唸《うな》ると、状況に不似合いなほど、嬉しそうに笑った。

山本は作ってもらった切り込みに、もたもたと二人用鋸を当てる。しかし、どうもまっすぐに引けない。

「やりましょう」

鋸に振り回されるようにしている山本に、いつも実と一緒にいる浩《ひろし》という少年が声をかけた。実と浩は息を合わせてすいすいと鋸を引いていく。あっという間に木はどうと倒れた。山本は感心しきりだった。ほとんど尊敬するような目で実たちを見ている。実たちは照れ臭そうにしながら、その後も不器用な山本の手助けをしていた。

松田はそんな様子をちらりちらりと見ていたが、次第にそんな余裕もなくなった。木を切り倒すだけが彼らに課された労働ではない。枝を払った木を運ぶのもまた彼らの役目だった。

ソ連が松田たちを、捕虜というよりただで使える労働力として扱おうとしているのは明らかだった。シベリアの奥地までわざわざ運んできたのは、開発のための労働力が必要だったからなのだろう。

松田は山本と組んで木材を運ぶことになった。

重い木材が肩にぐっと食い込む。それは一歩歩くごとに重みを増していった。

山本は必死に木材を持ち上げようとしていたが、もともと筋力もないひょろりとした体型だ。思うように持ち上げられず、松田と高さが揃わない。松田の肩には本来、山本が担《にな》うべき重みまでが加わる。松田はぐっと足を踏ん張った。

しばらくして、少し肩が楽になった。見ればまた、実と浩が山本に手を貸している。

「……重いね」

山本が苦笑する。山本はまるで作業の役に立っていない。それどころか足手まといだ。それでも、山本は自分に出来ることを必死にこなそうとしていた。

通訳という役割を与えられ、ソ連の将校たちと話す機会があるのだから、うまく立ち回って、重い労働を逃《のが》れるのだろうとどこかで松田は思っていた。しかし、山本という男は、そうした器用さも持ち合わせていないようだった。

木材の重みに呻《うめ》く松田たちの背後で、笑い声が上がった。

松田は思わず振り返ってこっそり視線を向ける。

暖かなたき火を囲み、数人の男たちがふんぞり返るようにして座っていた。その襟元にはまだはっきりと階級章がついている。皆、日本軍で将校だった男たちだ。彼らはたき火係を担当していた。係といっても、時折枝をくべるぐらいで、暖をとっているだけの楽な役目だ。

ラーゲリでの労働は、日本の将校の指揮の下で行われていた。軍隊秩序を維持した方が、ソ連側も支配しやすかったのだろう。もしかしたら、日本人の中で扱いに差をつけることで、怒りや不満を逸《そ》らしたいという意図もあったのかもしれない。

実際、木の重みに呻くごとに松田の怒りは膨《ふく》れ上がったが、その矛先は銃で威嚇《いかく》するソ連兵よりも、むしろ呑気に笑う将校たちに向けられていた。

将校より下の階級である、軍曹の相沢は、たき火には加わらず、目をかっと見開いて、仁王立《におうだ》ちしていた。下級兵たちに指示を出す役割だという彼は、直接手を貸すこともなく、松田たちを睨みつけている。

「気合を入れろ！　ノルマを達成しないと飯に響くぞ」

突然、相沢が怒鳴り声をあげ、二人の男に近づくと、激しく頬を張る。

軍隊で腐るほど見てきた光景だった。

戦争は終わっていないのか。

松田は小さく息をつく。

次の瞬間、相沢のぎらつく目が、松田を一直線に捉《とら》えた。

「お前もだ！」

強烈な平手打ちを食らい、松田は吹き飛ばされる。

凍《こご》えるような寒さの中で、打たれた頬だけがいつまでもじんじんと熱を持っていた。

カーンカーンと金属が鳴る甲高《かんだか》い音がラーゲリに響く。

吊《つ》るされた鉄道のレールの切れ端を、ソ連兵がハンマーで叩いている音だ。それが起床の合図だった。

居住バラックに詰め込まれた捕虜たちはぱっと目を覚ました。体は泥のように疲れている。しかし、朝には、ラーゲリで唯一《ゆいいつ》の楽しみである食事が支給されるのだった。

部屋の中央には暖炉があり、その暖炉を囲むように蚕棚《かいこだな》と呼ばれる二段重ねの寝台が詰め込まれている。男たちが一斉にもぞもぞと起き上がる様は、本当に蚕が動き回るようにも見えなくもなかった。

運び込まれた黒パンが、当番の男の手で慎重に等分されていく。その様子を、捕虜たちは固唾《かたず》をのんで見守った。パン切り包丁が最後の一片を切り分けると、捕虜たちは一斉にパンに手を伸ばした。皆目の色が変わっている。

男たちはほとんど同じ厚さのパンを取り合い、どっちが大きい、小さいと言い争う。それは朝のお決まりの光景だった。

そんな騒動には構わず、空腹の実と浩は黒パンに大きくかぶりついた。

「一気に食べたら、夜までもたないよ」

山本がそっと声をかける。実たちは少し笑うと、ペースを落とし、ゆっくりと大切そうにパンを口に運んだ。

一日の食事は、朝配給される黒パン三五〇グラム、カーシャと呼ばれる粥《かゆ》、砂糖小さじ一杯と決められていた。重労働を課せられているにも関わらず、たったそれだけの量で一日持たせなければいけないのだ。

初めて黒パンを口にした時、ザラザラとした舌触りと独特の酸味に松田は驚いた。お世辞にも美味しいとは言えなかった。無理やりになんとか飲み下した。これまで食べていたパンとは違う、異国の味だった。しかし、あっという間に、黒パンは松田にとって、これ以上ないほどのご馳走になった。腹いっぱい食べたいと夢に見るほどだ。

「松田さん、耳のとこあたりましたね」

実に言われ、松田は思わずにやっと笑った。パンが切り終わるその一瞬に集中し、誰よりも早くパンの耳に手を伸ばしたのだ。

黒パンの耳は固い。松田はかつて固いパンを苦手としていたが、ラーゲリに来て、パンは固ければ固いほどよいと思うようになった。噛み応えがあり、腹持ちがいいためだ。皆がパンの耳を狙っていた。

「一等兵！　お前の黒パンと交換だ」

がなるような声に、おずおずと顔を上げる。相沢が自分のパンを突き出しながら、睨みつけていた。

松田は何も言えず、相沢から目を逸らす。相沢はひったくるように、勝手にパンを交換し、自分の席へと戻っていった。

相沢はパンの耳をうまそうに咀嚼《そしやく》する。周囲を威嚇するような振る舞いは、まるでボス猿のようだった。

松田はじっと自分の手に残された、耳のない黒パンを見つめた。

（戦争が終わっても、自分はまだ一等兵のままだ）

相沢は松田の名前も知らないのだろう。彼にとって自分はただの一等兵でしかない。お腹は張り付きそうなほど空いているのに、喉がふさがって、パンが喉を通る気がしなかった。

松田の横では、山本が一口ずつゆっくりと黒パンを美味しそうに食べている。

本当にこの人は、自分の置かれている状況を分かっているのだろうか。

半分呆《あき》れながら、半分どこか羨《うらや》ましく思って見ていると、不意に目が合った。なにかと目で問われ、松田は慌てて、質問をひねり出す。

「……あの、どこでロシア語を？」

「学生の頃からロシア文学が好きだったんですよ。ドストエフスキー、ゴーゴリ、チェーホフ。何度も読みました。憧れていたんです」

山本は丸い眼鏡の奥の目を細めて笑った。

「これを機に、ソ連という国をこの目でしっかり見てみたいと思うんですよ」

なんとも呑気な言い様に、松田はその笑顔を呆然《ぼうぜん》と眺めた。

（やはり……正気とは思えない）

パンを手にしたまま固まる松田の前で、山本は変わらぬペースで丁寧に黒パンを咀嚼し続けていた。

毎日、鐘の音で起こされ、黒パンを嚙み締め、追い立てられるように労働に向かう。そんな日々を送っていると、ずっと同じ日を繰り返しているような気にもなった。日付の感覚も失われてくる。それでも、寒さは少しずつ緩《ゆる》みつつあり、確かに季節は進んでいるようだった。とはいえ、まだ震えるような寒さには変わりない。かじかんだ手で伐採《ばっさい》作業を黙々と続ける。気付けば、器用に斧を操《あやつ》り、枝をはらえるようになっていた。確かに時は流れているのだった。

そんな時、山本が口にしたダモイという聞きなれない言葉に、思わず、松田は顔を上げた。

「ダモイ……？」

山本の近くにいた実がたずねる。山本は微笑みながら頷いた。

「ロシア語で、帰国という意味です」

周囲にいた若い捕虜たちが、一斉に山本を見つめた。浩が「ダモイ」とたどたどしく呟く。

「そんな日が、来るんでしょうか」

「来ます」

山本は間髪いれず、きっぱりと断言した。

「ダモイの日は必ず来ます。希望を失っちゃ駄目ですよ」

気づけば松田も作業の手を止めて、山本の言葉に聞き入っていた。ダモイかと思った。日本海だと思ったものがバイカル湖だったとわかった時から、松田は帰国のことを考えることをやめていた。それだけ落胆が大きかった。

また無駄に希望を抱いて、叩き落されることがこわかった。だったら、心を殺して、頭を低くして、一日一日生き延びることを考えた方がいい。そう思っていた。

しかし、ダモイという言葉には胸の奥をくすぐる響きがあった。松田は思わず微笑む。若い捕虜たちも皆、ダモイの日を思い描き、声を上げて笑った。山本も微笑んでいる。心から、自分の言葉を信じている顔だった。

「おい、一等兵！」

遠くから、険《けわ》しい声で呼びつけられ、松田の顔が強張った。こっちに来いと相沢が顎《あご》をしゃくるようにしていた。相沢の隣では、佐々木《ささき》という男が、憎々し気に山本を睨んでいた。中尉だった佐々木は、自分では何一つしようとせず、相沢を手足のように使っていた。

松田は仕方なく、相沢たちに近づく。相沢は声を潜《ひそ》めて告げた。

「あの男とは話すな」

相沢は胡散臭《うさんくさ》いものを見るように、山本を見た。

「満鉄の調査部の職員で、ハルビンの特務機関にいたらしい」

相沢の言葉を裏付けるように、佐々木がもったいぶった様子で頷く。

「あいつは、きっとソ連のスパイだ」

相沢は吐き捨てるように言った。

南満州鉄道の調査部やハルビンの特務機関がどんなことをしていたのか、松田は知らない。しかし、機密に近いところにいた人物ではあったのだろう。

ふと山本に目を向けると、彼はソ連の監視兵とロシア語で話していた。何を言ったのか、監視兵は声を上げて笑っている。感情を持つこともないのではないかと恐れていたソ連の兵士が、初めて人間のように見えた。

松田や実たちと話す時とまるで同じような調子で、にこにこと笑いながら、監視兵と話す山本は、ソ連のスパイにはとても見えなかった。何より、山本は一緒に木材を運び続けてきた人間だ。それを偉そうに見ていただけの人間よりはよっぽど信用できる。相沢たちの言葉を鵜呑《うの》みにはできなかった。

しかし、相沢の言葉は、松田に希望を抱くことの怖さを思い出させた。ダモイという言葉に、一瞬抱いた希望はもう松田の中から消え去っていた。

スパイかどうかは関係なく、山本という人間を手放しで信じる気にはなれない。そう、自分を戒《いまし》めるように思った。

松田は意識して、山本から距離を取るようになった。実たちとの微《かす》かな交流さえ途絶えたが、心が波立つことはなくなった。

これでよかったのだ。松田は心の中でくりかえす。しかし、松田はまるで気づいていなかった。ひとり黒パンを噛み締める時、自分が笑い声をあげる山本たちに虚ろな目を向けていることに。

それから、月日が経ち、日に日に、日が長くなっていった。日本でも夏は日が長いものだが、シベリアの夏は夜が存在しなかった。一日中明るいのだ。

明るい夜には慣れなかったが、それでも皆、夏の訪れを歓迎した。寒さや雪がないだけで、作業のきつさはまるで違う。

ノルマをこなし、少しだけだが、談笑するような時間をとることもできた。

山本はいつも実や浩のような少年たちに囲まれていた。皆、戦争末期にかき集められるようにして召集された少年兵たちだった。

山本は、彼らを相手に勉強会を開いているのだった。

山本は博識だった。得意なロシア語はもちろん、俳句や和歌などの日本文学や宗教まで、釘《くぎ》で地面に文字を書きながら、身振り手振りを交《まじ》えて熱心に教えた。これまで学校で学ぶ機会も十分にはなかったのだろう、実たちは山本の手元を食い入るように見つめ、その言葉に真摯《しんし》に耳を傾けていた。

松田はそうした様子を相変わらず、遠くから眺めていた。

心惹かれるものがないと言ったら嘘になる。しかし、近づく勇気もなかった。

「たらちねの　母に障《さわ》らば　いたづらに　汝《いまし》も吾《われ》も　ことなるべしや」

山本は万葉集の歌を地面に書くと、柔らかな声で読み上げた。

「これは、もう母親がなんと言ったって一緒になろう。と、男が女を口説《くど》いている歌なんです。実くん、ちゃんと聞いてるかい」

実がはっと弾《はじ》かれたように顔を上げた。珍しくうたた寝していたようだ。それだけ、疲れが溜まっているのだろう。

少し余裕が出たことで、気が緩む部分もあったのかもしれない。松田自身も前より疲れを自覚することも多くなった。明るい夜もすぐには眠れず、いつまでこんな日々が続くのだろうと何度も寝返りを打つ。

乏《とぼ》しい食糧できついノルマを課せられていることには変わらず、夏になっても、体力のない者から命を落としていった。前日まで、一緒に木材を運んでいた男が、朝には冷たくなっていることも少なくなかった。ここでは人が死んだかどうかはすぐにわかった。死んだ途端、その体からシラミが一斉に逃げ出すからだ。

そんなぎりぎりのところで命を保っているという状況なのに、どうして勉強会を開こうというのか、学ぼうというのか。松田は楽し気な彼らを信じられない気持ちで眺めていた。

近づいてくる足音がする。

浩が慌てて地面の文字を消した。

ソ連兵は捕虜たちが雑談を交わすことこそ大目に見ていたが、集会のようなことや、文字で何かを記録するようなことには神経をとがらせていた。見咎《みとが》められたら、どんな罰を受けるかわからない。人に見られる前に文字を消すことは、絶対のことだった。

「山本」

近づいて声をかけたのは、相沢の部下だった男だった。ソ連兵ではなかったとわかっても、実たちの表情はこわばったままだ。たとえ、日本人であっても油断はできない。密告はここでは日常的なことだった。

「相沢軍曹がお呼びだ」

山本はゆっくりと立ち上がる。そして、実たちを安心させるように微笑むと、まるで連行されるように相沢たちが待つバラックへと連れていかれた。

実たちは頷きあうと、後を追った。松田も遅れて後を追う。

バラックの中にはイライラと足を揺する相沢が待ち構えていた。その横には不機嫌そうな表情の佐々木もいる。相沢は指示を仰ぐように佐々木を見る。佐々木は無造作に頷いた。

「おい、一等兵！」

相沢はがばっと立ち上がると、撥《は》ね飛ばす勢いで、山本に詰め寄った。

「俺たちはいつまでここにいればいいんだ。そういうことを、ソ連側にしっかり聞いているのか！」

「何度も聞きました。でも、相手にされませんよ。私たちの置かれている状況を考えてくださ い。日本は戦争に負けたんですよ」

本当に何度も何度も、いろんな立場のソ連兵に尋ねたのだろう。そして、現場レベルのソ連兵とやり取りして解決するものではないと確信したのだろう。山本の言葉には諦観にも似た落ち着きと、どこか諭《さと》すような響きがあった。

「貴様」

相沢の目がすわった。思ったような回答が得られない苛立ちよりもむしろ、自分より下の階級の山本が、対等な口を利くことに腹を立てたようだった。

「貴様、共産主義者だろう。ロシア語ができるのをいいことに、奴らと何か画策《かくさく》しているのではないか！」

なんと答えるのだろうと、松田は山本の顔を見た。山本は顔色も変えず、じっと相沢の目を見返していた。

相沢は山本の胸倉《むなぐら》をつかみ、乱暴に揺さぶった。

「答えろ、一等兵！」

「……山本です」

「は？」

「一等兵ではありません。山本です。名前があります」

淡々とした山本の声は、張り上げているわけでもないのに、バラック中に響いた。松田も実も、皆がその言葉にはっと息を飲んだ。

その次の瞬間、相沢は「貴様！」と怒鳴りつける。離れた場所に立つ松田さえも震えあがるような怒号。しかし、山本は口をきゅっと結ぶと、「山本です」と繰り返した。

相沢が鬼の形相で拳《こぶし》を振り上げる。小柄な山本は壁まで飛ばされた。衝撃で飛んだ眼鏡は、蔓が歪んでいる。

「一等兵ごときが軍曹に」

相沢は吐き捨てるように言った。

「山本です」

「黙れ」

相沢はまた拳を振り下ろす。

「山本……」

山本はそう言いかけて、急に糸が切れたようにぐにゃりと崩れる。

相沢は荒い息を吐きながら、気を失い、動かなくなった山本の腫れあがった顔を睨みつけた。しんと静まり返ったバラックの奥では、佐々木がまるで他人事のような、退屈そうな顔をしている。

実たちは慌てて山本に駆け寄ったが、松田は動けなかった。

あの時、一等兵ではないと自分も言いたかった。でも言えなかった。今だって言えない。

どうしてこの人はそれを言えるのか。痛い思いをしてもなお。

聞いてみたいと思った。この人が何を思うのか、何を考えるのかを。

しかし、同時にまだ怖いとも思った。

名前もない一等兵として、バラックの隅で縮こまっていたかった。

4

スベルドロフスクの夏はあっという間に過ぎ去ってしまった。

秋を感じる間もなく、またあっという間に冬が訪れ、捕虜たちは寒さに悩まされるようになった。生き物として、危険を感じるような寒さが連日続く。バラックの中でも震える寒さだというのに、風の吹きつける屋外は、鋭い刃《やいば》で身を切られるかのようだ。支給された綿の入った外套を着ていても、震えは止まらなかった。

まつ毛は凍り付き、鼻など露出しているところはたちまち血の気を失った。まるで感覚がなく、ついていないのではないかと怖くなるほどだったが、そのうち、重い凍傷で実際に鼻を失う者も出始めた。

猛烈な吹雪の日も作業は続けられた。

シベリアの冬は、連日、零下二〇度を下回る。零下四〇度を下回らない限り、作業の変更はありえなかった。

猛烈な吹雪の中にいるだけでも、体力が削られていく。しかし、捕虜たちは、命じられた森林伐採の作業を続けなければならないのだ。

なんとか木を伐採し終えても、吹雪の中、運ぶ作業が待っている。松田たちは朦朧《もうろう》としながらも木を肩に担《かつ》ぎ、よろよろと歩き出した。

いつもは気を紛らわすために積極的に話しかけて来る実や浩も、口を開く元気もなく、ずるずると足を引きずるようにして歩いている。

作業を見守る佐々木や相沢たちも、この風では火をたくこともできず、真っ青な顔で震えている。彼らもまた、いつものように、気まぐれに「一等兵」と罵倒し、手を上げる気力もないようだった。

吹雪は止《や》む気配もなく、方向感覚も失われてしまいそうだ。そのうち、体力の限界を迎えた青年が、音もなく雪に倒れ込んだ。

松田はぼんやりと倒れた男の姿を認識した。しかし、虚ろな顔で眺めることしかできなかった。すべてがひどく億劫《おっくう》だった。ただ次の一歩を出すことしか考えられない。それだけで手一杯だった。実たちもぼうっと倒れた男の上に雪が降りかかる様を見つめている。

その時、松田の肩にぐっと重みが加わった。遅れて、山本が木材から手を放したのだと気づく。山本はひどい顔色をしていた。自分の方が今にも倒れてしまいそうに見える。しかし、山本は転げるように、男のもとに近づくと、男を抱きかかえた。男はぼんやりとした顔で山本を見つめ、それでもよろよろと立ち上がった。

肩の重みが軽くなる。山本は元の位置に戻り、木を肩に載せていた。足元はふらつき、相変わらず顔色も悪い。

（この人は……どうして……）

頭の芯まで凍り付いてしまったようで、松田は何も考えられない。

その後も、誰かが倒れる度に、山本は必死に駆け寄り手を貸した。何度も何度も倒れて、そのまま命を失うものも少なくない。それでも、山本は手を貸し続けた。

（死にたくない……）

山本の行為を見てもなお、松田の頭にぼんやりと浮かぶのは、自分のことばかりだった。誰かに手を貸す度に、山本が担うはずの木材の重みが自分の肩にかかる度に、山本の行為を憎らしくさえ思った。


死んだ者たちを葬《ほうむ》るのも、捕虜たちの仕事だった。

葬るといっても、一つの大きな穴にまとめて埋めるだけだ。

一番寒い時期には土まで凍り付き、穴を掘ることは不可能になる。今はまだ、かろうじてスコップを入れることはできたが、それでも土は固く、途方もない時間と労力がかかった。

遺体は服をはぎ取られ、寒々しい姿をしていた。外套も服も支給されたものだ。死者に着せたまま送り出すことは認められなかった。

折り重なった遺体を松田はじっと見つめる。

明日のわが身かもしれないと思うと、平静ではいられなかった。

「山本さん、本当に、ここに希望はあるんですか」

実が絞り出すような声で問う。穴を掘りながら、何度も泣いたのだろう、その頬には、涙の跡が凍り付いていた。

「来ます、ダモイの日は。この前、ソ連の監視兵が話しているのを聞いたんです」

いつもとは違う、具体的な話に、実たちの顔が輝く。

死体を眺めながら、山本の言葉を聞いていた松田は、やるせない気持ちになった。山本が気休めでもなんでもなく、本気で心から「ダモイ」を信じているのだろうということは、観察しているうちになんとなくわかってきた。しかし、ダモイは実現していない。する気配もない。希望に顔を輝かせた実たちの顔が、徐々に曇っていくのをまた見るのかと思うと、怒りにも似た感情が吹き上がってきた。

「……本当に、信じていいんですか」

「え……?」

松田の低い声に、実は困惑したように、目を瞬《またた》いた。

山本の表情は揺らがない。いつもの落ち着いた声で、松田の目を見てまっすぐに言った。

「そもそも戦争は終わったのだから、兵士を捕虜とする行為は、明確な国際法違反なんです」

「また始まった……」

浩が呆れたように呟く。今の状況が国際法違反だという理屈を、山本は常々口にしていた。

確かに、国際法違反なのだろう。だからこそ、戦争が終わった今、自分たちは解放されるはずなのだろう。

しかし、松田も、そして実たちも、その言葉の正しさはわかっても、信じることはできなかった。何より、ソ連を信じていなかった。人を信じていなかった。ただで、死ぬまで働かせられる便利な存在を、簡単に手放すとも思えない。もし、国に帰してしまったら、今の国際法違反が明らかになり、ソ連が責められることになるかもしれない。世界のルール通りに、捕虜たちを帰国させるとはどうしても思えなかった。

実の顔が次第に曇っていく。

最近、実は疲れた様子を見せることが多くなっていた。前のように、おしゃべりを楽しむこともない。こっそりハーモニカを吹いて周りを楽しませるようなことも、めっきりなくなっていた。

「これは戦後の混乱の中で起こった不幸な出来事にすぎません。ソ連もバカではありません。いずれそのことに気づくでしょう」

勉強会の時のような、先生らしい口調だった。しかし、その言葉にいつものような説得力はなく、浮世離れして聞こえた。浩たちは呆れたように顔を見合わせる。実は暗い表情で、死体を見つめていた。あばら骨が浮き上がり、腹がえぐれた、やせ細った死体たち。誰かの息子であり、誰かの親であり、誰かの友であった人たち。

「来ますよ。ダモイの日は。必ず来ます、松田さん」

山本は力を込めて断言した。

希望に満ちた山本の言葉は、もう実の顔を輝かせない。実は視界を遮《さえぎ》るように、両手で顔を覆うと、長く震える息を吐いた。


その日から、実はますますふさぎ込むようになった。一番、仲の良かった浩さえも遠ざけ、暗い顔でぶつぶつとなにやら呟いている。よくよく耳を澄ますと、「日本に帰るんだ」とただそれだけをうわごとのように呟いていた。

山本は心配し、何度も声をかけていたが、実は虚ろな視線を返すだけだった。

そして、数か月後のある日、森での伐採作業を終え、ラーゲリに帰ってきた実はやはりぶつぶつと「日本に帰るんだ」と呟いていた。

作業は隊単位で行われ、ラーゲリへの帰還の際も、きっちりと隊列を組まなくてはならない。疲れ切った男たちがのろのろと列をなして歩く中に、実はいた。虚ろな表情ながら、前の人の背中を追うように歩いていた実は、不意にその列を抜けた。ラーゲリの外へと、鉄条網の方へとゆっくりゆっくり歩いていく。

実に気づいた監視兵が、銃を構え、警告するような怒鳴り声を上げながら近づいていく。

実はよくわかっていないように銃口をじいっと眺め、次の瞬間、ぱっと身をひるがえして、駆け出した。監視兵に背を向けて、もつれる足で懸命に走った。まっすぐに鉄条網の外を見つめながら。

乾いた銃声が何度も何度も響いた。ぞっとするほど軽い音だった。

実は声もなく倒れる。

そして、もう二度と立ち上がることはなかった。

離れたところから、一部始終を見ていた山本は動くこともできなかった。

死体を確認するソ連兵たちをぐらぐらと定まらない視線で見つめながら、山本は頭を抱える。その手は小刻みに震えていた。

ソ連兵たちは捕虜たちに実の死体を運ばせた。脱走しようとすればこうなると知らしめる意図もあったのだろう。その無惨な死体は多くの捕虜たちの目にさらされた。実の最期の姿は捕虜たちの脳裏に強烈に焼きついたが、その死の処理は極めて迅速で、機械的だった。実に配給されていた寝具なども速やかに回収され、残っているものといえば、浩が咄嗟に懐に隠したハーモニカぐらいだ。まるで、実など最初からいなかったかのように、あっという間にその存在が消されていた。

山本は浩たちと共に、ソ連兵の目をかいくぐりながら、バラックの中に祭壇を作った。祭壇といっても、木箱の上に、白樺《しらかば》を削って作った位牌《いはい》と空き缶が置かれているだけだ。それが山本たちのできる精一杯だった。

山本は煙草をほぐして、空き缶に入れた。ソ連兵たちが捨てた吸殻を苦労して拾い集めてきたのだ。吸殻に火をつけると、煙がすうっと立ち昇った。

焼香の代わりのつもりだった。

山本は祭壇に向かって、悄然《しょうぜん》とした顔で手を合わせている。本当に大事な生徒を失った教師のようだった。

松田はそんな様子をバラックの隅から、暗い目で見つめていた。

タバコの香りが広がる中、浩が実のハーモニカを手に取った。浩は位牌をじっと見つめながら、吹き始める。選んだ曲は「故郷《ふるさと》」だった。慣れ親しんだメロディが染みわたるように、バラックの中に広がっていく。皆、心の中で「故郷」を口ずさんだ。「忘れがたき故郷」を思い、「いつの日にか帰らん」という歌詞に胸を締め付けられた。

「もうやめろ！」

不意に相沢が浩の手をつかみ、演奏をやめさせた。「もう十分だろう」とでも言いたげな響きが、その言葉にはあった。相沢はひどく苦い顔をしている。いつものような高圧的な様子とはどこか違っていた。

松田は相沢がソ連兵の目を気にしつつも、ほんの少しではあるが、山本たちに時間を与えようとしていたことに気付いた。準備の段階で妨害することだって彼にはできたはずだ。だが、彼は苦虫を嚙みつぶしたような表情を浮かべながら、じっと黙って見守っていた。しかし、もうこれ以上は見過ごせないと判断したのだろう。苦い顔をしながらも、相沢の態度はきっぱりとしている。

浩はゆっくりとハーモニカをおろした。

「こんなところをソ連の奴らにみつかったら自分たちも」

相沢の部下たちがイライラと声を上げた。ソ連兵の怒りを買って、自分たちにも累が及んだらどうすると、焼香に並ぶ者たちを強引に解散させようとする。

しかし、実と交流のあった若い捕虜兵たちは、列に並び、祭壇に手を合わせることをやめようとはしなかった。

「あいつ、下に弟と妹が五人もいるんです」

祭壇を見つめ、ハーモニカを握り締めた浩がぽつりと言った。

相沢は吐き出しかけた言葉を、ぐっと飲み込んで、ぎょろりとした目で浩を見た。浩は誰に向けるともなく、話し続ける。

「いつも会いたい、会いたいって。腹いっぱい食わせてやりたいって」

すすり泣くような声が響いた。

焼香の列に並ぶ、若い捕虜兵たちが膝の上の手をぎゅっと握り締めながら泣いていた。

その時、入口のドアが大きく開き、ざっと冷たい外気が流れ込んできた。祭壇から立ち昇っていた、頼りない煙が、ぱっと散らされる。

どかどかと荒々しい靴音と共に雪崩《なだ》れ込んできたソ連兵たちは、すぐに祭壇を見つけ、険しい顔でにらみつけた。

ソ連兵たちの背後には佐々木中尉がいる。佐々木がわざわざ告げ口をして、連れてきたようだ。後から集会が発覚し、責任者として責められるのを恐れ、先に告げ口して点数を稼ぐことにしたのだろう。

だからこそ、相沢は儀式をやめさせようとしたのだろうか。眉根をぎゅっと寄せて、ソ連兵を見つめる相沢の表情に、松田はそんなことを考えた。

「集会は中止だ。すぐ解散しろ」

ソ連兵はロシア語で短く告げた。ロシア語が分からずとも、バラックにいる全員がその言葉の意味を理解した。

凍り付く空気の中、山本は立ち上がり、祭壇を背中にかばうようにして、ロシア兵の前に進み出た。

「死を悼《いた》んでいるだけだ」

山本がロシア語で訴えたが、ソ連兵はにべもなく、退けた。

「お前たちにそうした儀式は認められない」

ソ連兵は山本の体を強引にグイッとどかし、祭壇を踏みつけた。まずはこの集会のシンボルである祭壇を排除しようと、乱暴に靴で踏みにじろうとする。

山本はとっさに祭壇に覆いかぶさった。

「死んだ者に哀悼の意を捧げて何が悪い！　これは我々の人間としての権利だ！」

山本は祭壇をぎゅっと抱えながら、ロシア語で必死に叫ぶ。一瞬、ためらうように足を止めていたソ連兵だったが、公然と逆らう様子を見せた山本の態度に、再び足を振り上げた。山本の無防備な背中を容赦なく踏みつけ、蹴りつける。

しかし山本は祭壇を離さない。歯を食いしばりながら、いつまでも続く暴力に必死に耐えていた。

怖くないのだろうか。松田はその背中を部屋の隅からじっと見つめていた。

ロシア語の話せない松田に、山本とソ連兵の会話は少しもわからなかったが、それでも山本の訴えようとしたことは、時折混ざる日本語から、なんとなくわかった。仲間の死を悼むことは人間として当たり前のことだ。当然の権利だ。人間ならば……。ここでは自分たちは「人間」としての扱いを受けていない。でも、人間なのだ。一等兵でもない。名前のある、一人の人間。

ひょろりとした山本の背中がやけに大きく見えた。

ソ連兵に正面から逆らうなどと、やはり正気を失っているとしか思えない。

しかし、その背中を見ているうちに、松田は熱いものがこみあげてくるのを感じていた。

不意に、耳の奥に砲弾の爆発音が響いた。

松田にしか聞こえない音。それは松田の耳の奥にこびりついた、忘れようとしても忘れられない音だった。

終戦直前、松田は満州の国境近くの戦場にいた。

浅く頼りない塹壕《ざんごう》に、同じ隊の者たちと身を潜めながら、松田は震える手で銃を握り締めていた。

戦場に出るのはこれが初めてだった。

中学校の教師として働いていた松田は、最初の徴兵検査で不合格となった。たまたま風邪にかかっていたのを、まだ経験の浅い医者が結核と誤診したのだ。伝染病は軍のような集団行動を基本とする組織で、最も忌避《きひ》される。松田は自分の幸運に感謝した。風邪だったと発覚することがないよう、毎日祈るようにして教壇に立ち続けた。

しかし、戦況が厳しくなり、再度、徴兵検査を受けさせられ、松田は今度は呆気《あっけ》なく合格し、初年兵となった。それでも、激戦が伝えられる南方ではなく、満州の隊に送られたことは、まだ幸運だと思っていた。戦場に出ることなどないだろうと高をくっていたのだ。

しかし、ソ連が条約を破り、満州に攻め込んできた。日本は乏しい戦力を南に集中させていたこともあり、兵士の数にも兵器の数にも、圧倒的な差があるのは明白だった。

勝ち目のない戦いだ。

しかし、松田たち一等兵は塹壕を掘らされ、戦場に送りだされた。

ソ連との国境近くに配備されながら、十分に備えもなかった松田たちの隊は、ソ連という大国の戦力を前に無力だった。

あっという間に乏しい兵も兵器も尽き、塹壕に残った兵だけになった。

近くに落ちた砲弾が大きな音を立てて地面を抉《えぐ》る。それを合図のように兵士たちは塹壕から飛び出していった。玉砕覚悟《ぎょくさいかくご》で、銃を構えながら、砲弾が降り注ぐ戦場を駆けていく。

「松田、俺たちも行くぞ！」

同じ部隊の真田《さなだ》の力強い言葉に、松田はうなずいた。

「靖国で会おう！」

真田と共に、松田は勢いよく塹壕から飛び出した。

しかし、飛び出してはみたものの、銃を構えた松田は、敵兵の姿も見つけられずうろたえた。銃声はあちこちからするが、どこに敵兵がいるのかもわからない。それでも、なんとか上官たちの背中を追って、へっぴり腰で走り出した。その瞬間、近くで銃声が響いた。一緒に走っていた真田が吹き飛ばされるように後ろに倒れる。その腹は真っ赤に染まっていた。

「母ちゃん……」

真田の最期の呟きは、砲弾の音にかき消された。

先を行く隊の者たちも、一人、また一人と、倒れていく。

松田の足が止まった。耳がわーんと鳴っていた。その奥で、どくどくと大きく心臓の音がする。

「なにをしてる！　撃て！」

松田の様子に気付いた上官が、怒鳴りつける。松田はじりじりと後ずさった。足がぶるぶると震えている。ついさっきまでいた塹壕までの距離が遠い。そこまで無事に戻ることしか考えられなかった。

「この卑怯者が!」

上官の声や砲弾の音から耳を塞ぐようにして、松田は足をもつれさせながら、なんとか塹壕に逃げ込んだ。

そして、頭を抱え、ひたすらに小さくなっていた。砲弾の音や銃声が聞こえなくなっても、ずっとその場所から動けなかった。

バラックの隅から、ソ連兵に蹴りつけられる山本を見つめながら、松田は震えていた。塹壕に身を隠していた時も、同じようにずっと震えていた。

体を丸めて、じっと時が過ぎるのを待っていた。

戦場での砲弾の音を思い出す度に、松田は卑怯者である自分を突き付けられる思いがした。あの戦場で自分に何ができたとも思わない。しかし、仲間に背を向け、自分だけが助かろうとしたことは動かしがたい事実だった。

倒れた真田も、まだ息があったのかもしれない。助けることも、確かめることもせず、塹壕に戻ることしか考えられなかった。

山本ならどうしただろう、と不意に考える。

山本なら。自分にだって余裕があるわけでもないのに、誰かが倒れる度に助け起こしていた山本なら……。

気づけば、松田はゆらりと立ち上がっていた。

ゆっくりと一歩踏み出す。そこからは勢いだった。ソ連兵をかき分けるようにして、山本に近づくと、その背中に覆いかぶさった。すぐさま、重い軍靴が松田の背中に振り下ろされる。息が出来なくなるほどの衝撃だった。しかし、松田は奥歯を食いしばってじっと耐えた。

「松田さん……」

山本が驚いたような声を上げる。

松田だって自分の行動に驚いていた。しかし、逃げようとは思わなかった。祭壇を守りたかった。まだ、自分は手も合わせていない。兄弟に会いたいと、誰よりも日本に帰りたがっていた実を、せめて悼んでやりたかった。

実の祭壇を守ることができたのは、ほんのわずかの間だった。

すぐに松田も山本も引きはがされ、祭壇も位牌もあっけなく壊されてしまった。

そして、そのまま見せしめの意味も込めてか、捕虜たちの前で激しい暴行を受けた。

松田は小さく丸まって、早く終わることだけを願っていた。もう、山本の背中に覆いかぶさった時の突き動かされるような熱い衝動は、欠片《かけら》も残っていなかった。

暴行がやんだ時には、松田の顔は前がよく見えないほど腫れ上がっていた。山本の顔も赤く腫れている。

二人とも立ち上がることもできず、呻きながら床に転がる。

しかし、これで終わりではなかった。

二人は営倉《えいそう》に連れていかれた。罰をあたえるための建物だ。

そこには、棺桶《かんおけ》と呼ばれる拷問器具があった。それは一見何の害もないような長方形の箱だった。その見た目から、「洋服ダンス」とも呼ばれていた。

二人はそれぞれ、箱の中に押し込められた。

箱の中は窮屈だった。

首を曲げ、体を縮めてやっとの高さだ。しかし、幅もないため、しゃがむことも許されない。自ずと不自然な体勢を強いられた。曲げた首や丸めた腰が痛んでも、伸ばすことも、姿勢を変えることもできない。

しかも、箱の中は真っ暗だった。

入れられてすぐ、松田はここを出ることしか考えられなくなった。

暗闇の中で味わう苦痛は、永遠のように感じられた。時が止まっているのではないかと、恐怖を覚えるほどだった。

そのうち、敏感になっていた松田の耳は、かさかさという微かな音を捉えた。

次の瞬間、ぞわっと総毛立《そうけだ》った。何かが、肌の上を這っている。反射的に振り払おうとしたが、身動きできない「棺桶」の中でそれはかなわなかった。

必死に身をよじる。何かが肌を這う感触は一か所ではなかった。体中が何かに襲われている。小さな痛みが走った。嚙まれた、と直感する。松田はさらに身をよじった。叫び声が洩れた。かさかさという音がやまない。まるで脳を直接くすぐられているような気持ちの悪さだった。

山本が押し込められた隣の「棺桶」が、がたがたと大きな音を立てる。大きな悲鳴が何度も何度も聞こえた。

二人を襲ったのは、南京虫《なんきん》と呼ばれる、数ミリの小さな虫だった。「棺桶」は人の血を吸う南京虫の巣窟だったのだ。

噛まれたところが段々と痒《かゆ》くなってきた。徐々にその痒みは強くなっていく。逃げることもできない二人は、南京虫にとって格好の餌食《えじき》だったことだろう。

二人はなすすべもなく血を吸われ続けた。

全身の痒みは耐え難かった。暴行の痛みも忘れるほどだった。

まさにそれは「拷問」だった。

二人はみっちりと詰まった箱の中で必死に身をよじり、悲鳴を上げ続けた。気絶するように、意識を失った時には、もう指一本動かす気力さえ残ってはいなかった。

営倉を出された二人の衰弱は激しかった。

数日はラーゲリ内の病室に入れられ、さすがに体を休めることを許されたものの、数日後には、いつものノルマをこなすように命じられた。松田はまだまだ本調子とは言えない体で、いつも以上にきつく感じる労働をこなした。

若く、健康な松田でさえボロ雑巾《ぞうきん》のような有様だった。もともと体力のない山本は息をするのもやっとの様子だった。それでも作業を休むことは許されなかった。

聞こえてきたロシア語に、山本はぼんやりと視線を向けた。

佐々木中尉がソ連兵と話している。拙《つたな》いロシア語だった。しかし、佐々木はおもねるような笑みを浮かべながら、身振り手振りを交え、熱心に話している。ソ連兵は言葉少なに命令を伝えた。佐々木はその命令をもったいぶった様子で日本語に訳した。

「中尉が通訳となった。お前はもう必要ない」

わざわざ近づいてきた相沢が、勝ち誇《ほこ》ったような笑みを浮かべながら告げた。山本は黙ってソ連兵を見た。ロシア語で、個人的な話も何度かした男だった。立場を超えて、言葉を交わしたと思えた瞬間が確かにあったはずだった。

しかし、ソ連兵はもう山本に話しかけることはなかった。ただ、早く作業をしろと怒鳴りつけるばかりだった。以前と比べ、山本に対する態度は明らかに厳しくなっていた。よろよろと歩く背中を銃で小突かれ、よろめけば、足蹴《あしげ》にされる。

「共産主義者なのに、ロシア人からも見捨てられたか」

そうした様子を相沢の部下たちは嘲笑《あざわら》った。

松田は相沢たちの近くで、ソ連兵が山本を乱暴に扱うのを見ていた。

あの夜、思わず一歩前に出た足は、縫《ぬ》い留められたように動かなかった。

「馬鹿な奴だ」

相沢が吐き捨てるように言った。松田は思わず、相沢の顔を見る。相沢は山本を睨みつけながら、「初年兵の時だ」と語り始めた。

「俺は、上官から、捕虜を処刑する命令を受けた」

中国人の捕虜だったのだと相沢は語った。中国人の捕虜は杭に縛り付けられていた。身動きのできない、完全に無抵抗な状態だった。

「戦場は人を殺す場所だ。軍隊では上官の命令は絶対だ」

相手が武器を持っていなくても、上官が戦場だと言えばそこは戦場だった。無抵抗な相手でも、処刑する理由さえ知らなくても、殺せと言われたら、殺さなくてはいけない。

相沢は荒い息を吐きながら、銃剣を握り、中国人の捕虜と向き合った。怯《おび》えと憎しみが混じった男の顔を見ながら、自分の中のためらいを殺し、人間としての自分を殺した。

そして、まっすぐ男に向かって突進し、その腹に銃剣を突き立てた。

中国人の捕虜は苦悶に満ちた叫び声を残し、息絶えた。

「俺は、あの時、人間を捨てた」

相沢はほとんど憎んでいるような目で、山本を見ていた。

「いいか、一等兵。ここは戦場と同じだ。人間は捨てろ」

軍隊での立場を笠に着て威張り散らす嫌いな男の言葉のはずなのに、営倉を経験した今、その言葉は妙に松田の耳に入ってきた。

ある意味で、その相沢の言葉は松田を思ってのものだとも感じた。

一等兵であることを否定しようとしたのが間違いだったのかもしれない。

自分はまだ戦場の一等兵なのだ。

松田研三として振舞おうなんて考えたから、あんな目にあった。

松田はソ連兵に咎められる前に作業に戻りながら、山本の様子をうかがった。

山本は一人だった。

一緒にされることを恐れてか、浩たちも距離をとっている。

山本はふらふらと不安定に体を揺らしながら、一人で作業を続けていた。

不意に山本の目が松田を捉えた。二人の視線が交差する。

松田はぱっと視線を外し、思わず背を向けた。


その後も、山本は何度も営倉に入れられた。

その度に、ほとんど死んだようになって戻ってくる。それでも、山本は変わらなかった。ふらふらの体で誰かを庇《かば》い、おかしいと思うことは直接、ソ連兵に訴えた。

山本はもうソ連兵に目の敵《かたき》にされている。ちょっとしたことでも営倉にぶち込まれていた。

松田は信じられなかった。一度でもあの「棺桶」を経験したら、何をおいても、避《さ》けようとするはずだ。

この人は正気を失っている。最初の印象は間違っていなかったのだと思った。

山本は勉強会も続けていた。

しばらく山本から距離を置いていた浩たちも、勉強会に参加している時だけはラーゲリにいることを忘れられると、一人、また一人と、参加するようになった。

そんな様子を面白くないと思う人間もいる。

集会を開いていると山本は密告され、また営倉送りとなった。

山本は勉強会に誰が参加していたのか、どれだけ問い詰められても、一切、漏らすことなく、一人で営倉に入った。

山本が戻ってきたのは、次の日の朝だった。

バラックでは、皆が黒パンを手にしたところだった。山本はパンに見向きもせず、ふらふらと自分のベッドを目指す。そして、ばたりと倒れ込んだ。山本はそのままピクリとも動かない。勉強会に参加している若い捕虜たちは皆、食べる手を止め、心配そうな視線を送った。松田も思わずその背中を見つめる。

やせ細った、薄い背中。そのまま煙のように消えてしまいそうで、ぞっとした。

「オーマイダーリン……」

囁《ささや》くような、切れ切れな歌声が聞こえてきた。山本が「いとしのクレメンタイン」を口ずさんでいるのだった。

（この人は……）

松田は目を背け、黒パンを懐にしまうと、足早にバラックを出た。歌声を聞いていたくなかった。山本が怖かった。ただただ山本幡男であり続ける男のそばにいるのが恐ろしかったのだ。

外の冷たい空気を吸い込みながら、松田は山本を気にすることはやめようと思った。一等兵であることを、ただの捕虜であることだけを考えたほうがいい。

松田はまた卑怯者に戻ることにしたのだった。

松田が立ち去ったバラックの中では、歌い続ける山本を、浩たちが囲んでいた。死んでしまったと、一瞬、本気で心配したのだ。歌う元気はあるのだと心底ほっとした。

そのほそく囁くような歌声に、バラックの皆が黙って黒パンを食《は》みながら、耳を傾けた。

「なんでアメリカの歌なんですか。ロシアが好きなんですよね」

浩が尋ねる。山本は呻きながら寝返りを打ち、仰向けになると、ふっと笑った。

「美しい歌に、アメリカもロシアもありません」

そして、全身を襲う拷問の痛みと南京虫の痒みに低い唸り声を上げながら、ゆっくりと目を閉じた。

瞼《まぶた》の裏に浮かぶのは、一日も忘れたことのない家族の姿だ。

そういえば、家族で一緒になってよくこの歌を歌ったのだった。

人の目がある時は、なかなか大きな声では歌えなかったけれど、ひと気のない森の中をぶらぶらと歩きながら声を合わせて歌った。顕一も厚生も覚えているだろうか。誠之とはるかは英語の歌を歌うにはまだ小さかったけれど、今ではもう立派に歌えるはずだ。

あの日、別れたモジミたちが今、どこでどうしているか知るすべもない。

しかし、山本はモジミと子供たちが日本で待っていると、強く強く信じていた。


魚を積んだリアカーを引きながら、モジミは「魚はいりませんか」と声を張り上げる。子供たちも一緒になって声を上げた。

朝から売り歩いているが、魚はなかなか売れなかった。モジミも子供たちも継ぎのあたったボロボロの服を着ている。いかにも見すぼらしい売り子から通行人たちは目を背けるようにしていた。

すれ違いかけた一人の女性が不意に足を止めた。まぶしいほど白いブラウスを着た女性はモジミの顔をまじまじと見て、声を上げた。

「山本先生？」

驚いて女性の顔を見返すと、以前モジミが教師をしていた時の同僚だった。モジミはリアカーを道の脇に止め、聞かれるままにこれまでのことを話した。ずっと誰かに聞いてほしかったのだろう。話し出したら止まらなかった。

「そう……。引き揚げに一年……」

山本から日本に帰国するよう告げられたモジミだったが、あの後すぐに帰れたわけではなかった。

新京の家まではなんとか帰り着いたものの、敗戦後の新京は混乱していた。満州の奥地から逃れてきた開拓団の人たちの姿をよく見かけた。中にはソ連兵や満州人に襲われ、身ぐるみ剥《は》がされている人もいた。強姦《ごうかん》されないようにと、坊主頭にして、顔に墨を塗っている女性さえいた。

危機感を覚えたモジミは、帰国のための資金を捻出するため、家財道具一式を売り払い、露店を出して必死に働いた。しかし、なかなか金は貯《た》まらなかった。四人の子供と義母を抱え、飢え死にぎりぎりの生活が続いた。なんとか、金が工面《くめん》できたのは、終戦から一年後のことだった。

「新京から出られなくて……。でも、露店で今川焼き屋をはじめてなんとかしのぎました。顕一も、新聞を売って稼いでくれたんですよ」

豆腐を作って売り歩いたりもした。十歳の長男と八歳の次男が一軒ずつ回って注文を取ってくれた。二人の小さな手はすぐに霜焼けとあかぎれで真っ赤になった。

日本に帰ったモジミは隠岐島《おきのしま》の実家に身を寄せた。かつては旧家だった実家も農地解放により見る影もなく困窮していた。義母も一緒に世話になることは難しく、福岡の親戚に預けることになった。モジミと子供たちはなんとか受け入れてもらえたものの、食べ盛りの子供たちを抱える余裕がないことは明らかだった。厄介者だという空気に耐えられず、モジミは無理をして働き、なんとか子供たちと雨風がしのげるボロ家を借りた。自分たちの家だと心底嬉しそうにしている子供たちを見て、肩身の狭い思いをさせていたのだと胸が痛んだ。

働いても働いても生活は楽にならない。子供たちはいつも腹を空かせている。それでも、リアカーを押し、一緒になって声を張り上げて、母を助けようとしてくれた。長男も次男もまだまだ子供だというのに、ほとんど大人のように働いている。今も二人の手は痛々しく荒れたままだ。旧家の育ちで、白魚《しらうお》のようだったモジミの手もまた、見る影もなく、がさがさと荒れていた。

同僚はモジミの手や服装から、今の困窮具合をほとんど正確に察したようだった。同情するような同僚の目が、苦しかった。

「……ご主人は?」

同僚の言葉に近くで遊んでいた子供たちが、一斉にぱっと顔を向ける。すぐに元のように笑顔を作って遊び始めたが、子供なりにモジミに気を遣わせまいとしているのが分かった。優しい子たちだ。

「ハルビンで別れたきり……」

「そう……」

同僚はモジミの手を取って、優しくポンポンと叩いた。

「校長に頼んでみるわ。昔のように、また学校で働けないかって」

「お願いします」

モジミは思わず前のめりになって頼んだ。教師に戻れれば、生活はぐっと楽になる。子供たちをお腹いっぱいにできる。同情でもなんでもいい。縋《すが》り付きたかった。

「母さん、お腹減った」

はるかがモジミの袖を引っ張って訴えた。同僚が悲しそうな顔で、ほっぺを真っ赤にしたはるかの顔を見つめる。

「……ごめんなさい。何も買ってあげられない」

「苦しいのはみんな一緒です」

モジミはきっぱりと言った。同僚の着ているものはモジミたちの服に比べたら随分上等なものだ。しかし、よく見れば、丁寧に繕《つくろ》った跡がある。彼女だって決して余裕があるわけではない。生きるため、みんな必死なのだ。復職できるよう頼んでもらえるだけありがたかった。

「それに……あの人は、帰ってきますから」

「え……」

戸惑う同僚に向かって、モジミは力強く微笑んだ。

「約束したんです。日本で落ち合おうって。あの人は必ず帰ってきます。そういう人なんです」

強がりだと思ったのだろう。同僚はいっそう同情するような目でモジミを見た。

もちろん、強がっている面がまったくないと言ったら嘘になる。しかし、何よりも、モジミは山本を信じていた。

死んでしまったとは少しも考えなかった。

今もまだ帰って来ていないということは、きっとソ連にでも捕まっているのだろう。ロシアびいきで、酔っぱらってはロシアに行きたいと口癖のように言っていた男だ。あんなに好きでいる国からひどい扱いをされているとは思えなかった。思いたくもなかった。

また、家にいた時よりも、つやつやとした元気な様子で、ひょっこり帰ってくるかもしれない。丸眼鏡の奥の目を細めながら、呑気そうに笑う山本の顔が見たかった。

モジミは改めて笑顔を作ると、同僚に会釈をし、リアカーを引き始めた。子供たちが争うようにリアカーを押す。おかげで、リアカーはぐんぐんと進んだ。

魚は相変わらずなかなか売れない。

それでも、モジミの心は明るかった。教師に復職できれば、子供たちの教育のことも考えられるかもしれない。子供たちにいい教育を受けさせてほしいということは昔から山本に言われていた。他のことはうるさく言わない人だったが、教育についてだけは強いこだわりを持っていた。

まだ教師に戻れると決まったわけではないが、希望を持ったことで、モジミはやっと少し先の未来を考えることができるようになった。これまでずっと、その日のことしか、一歩先のことしか見えなかったのだ。すっと目線が上がって、視界が開けたような心地だった。

そんな母の気持ちが伝染したのだろう。リアカーを押しながら、不意に顕一が歌い出した。「いとしのクレメンタイン」だ。山本がよく歌っていた、懐かしい歌だった。厚生も一緒になって歌い出す。この歌のことを覚えていない誠之とはるかは、きょとんとした顔をしている。

「なんのお歌？」

はるかが尋ねると、厚生は「覚えてないか、はるかは」と自慢げに言った。はるかは口を尖らせる。モジミは笑って、ゆっくりと一フレーズずつ、教えるように歌った。

はるかも、そして、誠之も、耳で聞いたまま、たどたどしく繰り返す。

そして、すぐに歌えるようになった。

リアカーを引きながら、声を合わせて、歌う。

いつしか、隠岐島を訪れた時、山本と子供たちと、同じように一緒に声を合わせて歌ったことを思い出した。

今、この時に、山本がいないことに、体の奥を切りつけられるような痛みを感じた。ようやく誠之もはるかもいろんなことを覚えられるようになったというのに、子供たちの記憶に、思い出に、父親の姿がないのだ。

モジミは日本海の上に広がる青空を見上げる。この空は山本がいる空に繋《つな》がっているのだと思った。


心を落ち着かせ、松田がバラックに戻ると、山本はまだ歌っていた。朝食を終え、皆が作業の支度を始める慌ただしさの中であっても、囁くような「いとしのクレメンタイン」の歌声は否応《いやおう》なく耳に飛び込んできた。

弱々しくはあったけれど、その歌声にはどこか人生を楽しんでいるかのような、呑気な響きがあって、胸がざわついた。

戦場のような場所、その中でも特に地獄のような場所から戻ってきたばかりだというのに、どうしてそんな風に歌えるのだろう。

浩が山本の分の黒パンをその手に握らせる。しかし、山本はパンをしっかりとつかむ力も、口に運ぶ元気もないようだった。

仕方なしに、浩は他の者に盗られないよう、しっかりと山本の懐にパンをしまい込む。

「……こんなところで、くたばるわけにはいきません。妻と約束したんです。必ず帰ると。必ず……」

弱々しい口調だったが、そのまなざしは力強かった。浩たちは何も言わず山本の言葉を聞いていた。

浩たち若い捕虜たちは山本と一緒に居ることも多かったが、山本の言動に対する反応はまちまちだった。ダモイを山本が心から信じていることを知り、勇気づけられ、希望を持つ者もいれば、信じられない、もう聞きたくないとうんざりしている者もいた。

浩は揺れているようだった。信じたい気持ちと信じられない気持ちのはざまで揺れていた。

自分のように耳を塞げば楽なのにと松田は苦く笑った。

そんな時だった、勢いよくドアが開き、佐々木中尉が飛び込んできたのだ。ただならぬ様子に、みんな、一斉に注目し、息を飲んだ。

「ダモイだ！」

佐々木は感情に震える大声で告げた。その瞬間は、踏《ふ》ん反《ぞ》り返った嫌みたらしい中尉ではなかった。帰国の日をひたすら待ちわびていたただの男になって、歓喜を爆発させていた。

「今、正式に通達があった。ダモイだぞ！　我々はダモイだ！」

どっと破裂音のような歓声があがる。皆が涙を流して喜んでいた。

「ダモイ……。ダモイ、ダモイだ！」

浩たちは感情に言葉が追い付かず、ただ「ダモイ」と繰り返し、抱き合って喜ぶ。

松田はひとり喜びをかみしめていた。信じることを自分に禁じていたからだろうか、嬉しいことは確かなのに、その感情はどこか遠かった。

まだ、本当なのかと疑う気持ちもある。

松田はこっそりと山本の様子をうかがった。

山本は横になったまま、ひっそりと泣いていた。山本の視線を辿《たど》り、松田はハッとする。視線の先にあるのは、実のハーモニカだった。無惨に壊された祭壇の代わりに、こっそりと飾るようになったハーモニカ。

ダモイの日がもう少し早ければ、あいつは弟たちに会えたのだろうか。

そんなことをぽつりと思った。

6

ダモイの知らせがあってから数か月後、一九四八年九月に、スベルドロフスクのラーゲリに収容された捕虜たちは、有蓋列車に乗せられた。

まるで出荷でもされるように、車両に詰め込まれ、ようやく松田はほっと息をついた。数か月の間、ダモイというのは嘘だったのではないかとずっと不安に駆られていたのだ。やっと帰れるのだという気持ちが湧いてきた。

列車はまっすぐな線路を、今度は東に向かって疾走し続ける。

車両の中は連れてこられた時と変わらず、捕虜たちですし詰め状態だったが、文句を言う者は一人もいなかった。

「海だ！　海が見えたぞ！」

小窓の側に陣取り、熱心に外を眺めていた男が声を上げた。皆が小窓に押し寄せ、顔をくっつけるようにして外を眺める。

「日本海じゃないか？」

男たちの隙間から小窓をのぞくようにした山本が、首を振った。

「……バイカル湖ですね」

それは以前も松田たちをぬか喜びさせた巨大な湖だった。沸き立っていた男たちもがっくりと肩を落とす。

「この列車は日本の方に向かっています。間違いない。今度こそ本当にダモイですよ」

山本は明るい声で言った。たちまち男たちは目を輝かせた。もう山本が口にするダモイを疑い、馬鹿にする者はいない。

バイカル湖を過ぎても日本まではまだまだ途方もない距離があったが、捕虜たちの心は既に日本に飛んでいた。

松田の視界がじわりと涙で滲《にじ》む。涙を堪《こら》えながら、必死に笑顔を浮かべ、松田を見送ってくれた、小柄な母の姿が思い出されてならなかった。

「……母さん」

思わず漏れた松田のつぶやきを、相沢はふんと鼻で笑った。

「お前らのような甘ったれの連中がいたから、日本は戦争に負けたんだ」

ダモイ一色のこの車両の中で、ただ一人、相沢だけがまだ戦場にいるようだった。

「……家族はいるんですか」

山本が静かに尋ねた。相沢はぎょろりとした目を向け、威嚇するように睨みつける。

しかし、山本は微塵《みじん》も恐れる様子もなく、穏やかに続けた。

「もうダモイです。最後に教えてくださいよ、相沢さん」

「……身重の妻を残して、満州に来た」

相沢は顔を背けながら、渋々と言った。

「もう子供も大きくなってんだろう。これでいいか、一等兵」

相沢は無理やり脅すように、山本を一等兵と呼んだがどこか照れ隠しのようで、松田はその言葉に初めて、軍曹ではない、人間としての相沢らしさを感じた。


列車は昼夜を問わず走り続けた。

数日走り続けても、まだまっすぐな線路が続く。松田は改めてこの大地の広大さを思い知らされた気がした。

小窓からは鬱蒼とした森林地帯が見える。

「……もうすぐハバロフスクです。引き揚げ船が待つナホトカの港まであと少し」

ロシアの地理にも詳しい山本が断言する。浩たちは手を取り合って喜んだ。

しかし、何の前触れもなく、耳障りな鋭いブレーキ音が響き渡った。車両が大きく揺れる。列車は止まっていた。

「……どうしたんですかね」

浩は恐る恐る山本に尋ねる。さすがの山本も答えることができず、固い顔で様子をうかがう。皆、一様に不安そうな表情をしていた。

いきなり車両の扉が開いた。外には肩章をつけた将校らしいソ連兵が立っていた。その横には捕虜たちを威嚇するように銃を構える男たちがいた。

車両にさっと緊張が走った。

松田は冷や汗が背中を伝うのを感じた。体を縮め、じっと息を殺す。

将校はロシア語で怒鳴った。捕虜たちの一部はかろうじて「通訳」という単語を聞き取った。通訳を探しているのだ。しかし、佐々木は咄嗟に隠れるように身を潜めた。名乗り出る気配は微塵もない。皆、ちらちらと佐々木に非難の目を向ける。佐々木は素知らぬ顔をしている。

通訳が名乗り出ないことに、将校が苛立った様子を見せはじめた。

山本がすっと立ち上がる。

将校は無言で山本に書類を突き出した。山本は書類のロシア語を翻訳して読み上げる。

「……呼ばれた者は装具をもって下車しろ」

車内が大きくざわついた。そのまま騒ぎになりそうなところに、ソ連兵の銃の装塡音が響く。車内はたちまちしんと静まり返った。

山本は固いものでも飲み下すように唾《つば》を飲むと、ゆっくりと名前を読み上げた。

「松野武《まつのたけし》」

名前を呼ばれた男がはっと息を飲む。そして、のろのろと荷物を抱え、列車を下りた。

山本は次々と書かれた名前を読み上げる。列車を下りる男たちに、将校の服を着た者が多いことに松田は気づいた。

「相沢光男」

相沢の目がかっと見開かれた。続いて、相沢の部下たちの名前も呼ばれる。

「……松田研三」

自分の名前を呼ぶ山本の声に、車両の隅で、大きな体を縮めていた松田の肩が、びくりと跳ね上がった。

松田は車両の外に出て、蒼白な顔をした男たちの列に加わる。

一定のテンポで、感情を押し殺して読み上げ続けていた山本の声がほんの一瞬止まった。

「……山本幡男」

山本は自分の名前をはっきりと読み上げる。その顔はさすがに青ざめ、固く強張っていた。

名前を呼ばれた者は数十名ほどだった。

列車の外に集められた男たちは、マンドリン銃を持ったソ連兵たちに「ダワイ、ダワイ」と急き立てられ、列を作って歩き始める。

ダワイとはロシア語で、「早く」という意味だった。「ダモイ」と一文字違いで大違いだと松田は皮肉に口元をこっそり歪めた。

「山本さん……」

車両に残った浩が声をかける。その手には、実のハーモニカが鈍《にぶ》く光っていた。

山本は無言で大きく頷くと、ゆっくりと歩き出した。

相沢はソ連兵に急かされながら、思わず車内から見送る佐々木の顔を見る。

相沢の視線に気づいた佐々木は笑った。下車させられることになった相沢を蔑《さげす》むように嗤《わら》ってみせた。

相沢の脳裏に、佐々木の命令で捕虜を処刑した時のことが、吐き気を催すほどの生々《なまなま》しさで蘇《よみがえ》った。

拘束された無抵抗の中国人捕虜を銃剣で刺した時の感覚と、男の断末魔の叫び。

そして、それを見た他の捕虜たちが一斉に上げた叫び声。

「日本鬼子《リーベングイズ》！」

残忍な日本兵に対する、憎悪と恐怖を込めた罵倒の言葉。

次の瞬間、銃声が響き、「日本鬼子」と罵《のの》る声がぱたりと止んだ。

中国人捕虜たちは皆息絶えていた。銃を手にした佐々木はそれを見て嗤っていた。まるで、ざまあみろと言うように。

その佐々木の顔を見て鬼だ、と思った。確かに、人間の顔には見えなかった。自分も同じような顔をしているのだろうと思った。

佐々木はあの時と同じ顔で、嗤っていた。

相沢はソ連兵に銃で小突かれ、のろのろと歩き出す。

何かが大きな音を立てて崩れたような気がしていた。


ダモイ寸前で列車を下ろされた理由は、わからなかった。連行されている誰一人としてわかっている者はいなかった。

皆、悄然とした顔をしていた。もう少しで本当の日本海をこの目で見られるところだったのだ。銃を持ったソ連兵に監視されながら、装具を背負って、黙々と歩いていることの状況は、まるで悪夢でも見ているようだった。

山本たちが連れていかれたのは、ハバロフスク収容所第二十一分所というラーゲリだった。これまで収容されていたスベルドロフスクのラーゲリとは比べ物にならないほど大規模なもので、広大な敷地には立派な監視塔もたてられ、ラーゲリを囲む壁にはぐるりと有刺鉄線が張り巡らされていた。

スベルドロフスクのラーゲリは開拓の最前線にある場所らしく、どこか大雑把な雰囲気があったが、この場所はどこまでも冷徹に管理されているように見えた。

山本たちは居住バラックへと連れていかれた。

薄々、察してはいたが、ここに収容されるのだという現実を突き付けられ、皆、大きく落胆する。山本も暗く、沈んだ顔をしていたが、中庭の掃除をしていた一人の日本人に目を止め、不意に「原《はら》さん！」と弾《はず》んだ声を上げた。

山本は笑顔で、男を強く抱擁《ほうよう》する。

「まさか、こんな所でまた会えるとは思いませんでした」

原は山本の上官だった。同郷の先輩であり、もともと親交があった原が、山本のロシア語の能力や知識を高く評価し、特務機関に引っ張ってくれたのだ。彼は上官となっても、人の目のないところでは、以前と変わらず、長いつきあいの友として接してくれた。一等兵である山本の意見にも真摯に耳を傾けてくれた。時には、貴重なコーヒーをご馳走になりながら、こっそりと日本の未来について忌憚《きたん》ない意見を戦わすようなことさえあった。

山本は懐かしさに目を細めるが、原は表情の抜け落ちた顔で見返すばかりだった。手は箒《ほうき》を握ったままだらりとしていて、抱き返す素振りもない。

原はげっそりと疲れ切った顔をしていた。顔には明らかな暴力の跡があり、目がうまく開かないほどに、赤く腫れあがっている。

「……私に、近づかないでください」

「え……？」

原はそれっきり口を開くことなく、くるりと背を向けて、掃除を続けた。

山本はその背中をじっと見つめる。骨が尖るほどに痩せた背中ははっきりと、山本を拒絶していた。

7

ハバロフスクの収容所で、山本たちはじりじりとした時を過ごした。

ソ連兵たちは何も教えてくれない。宙ぶらりんの状態で置かれていたが、数日後、まとめてラーゲリの中にある、一番立派な建物に連れていかれた。

山本たちは、一人ずつ、別室に通された。通された部屋は天井も高く、広々としていて、圧倒されるほどだった。正面の壁には、等身大のスターリンの肖像画が飾られている。

部屋では、三人のロシア人たちが待ち構えていた。

山本は警備兵に挟まれる形で、三人の前に座らされる。

「判決を言い渡す」

真ん中の男が、ロシア語で前置きもなく、唐突に告げた。

軍事法廷だとすぐにわかった。三人はそれぞれ、裁判長、判事、検察官を担っているようだ。裁判官は淡々と手元の書類を読み上げていく。

「山本は一九四三年一二月二日旧満州国黒河に三日間滞在し、国境付近で諜報《ちょうほう》活動を行った」

「……は？」

思わず、山本は身を乗り出して、聞き返した。警備兵たちがぐっとその肩を摑み、椅子の背に押し付ける。

「ソ連に対する謀略諜報行為、及び、資本主義幇助《ほうじょ》罪により、二十五年の矯正労働を命じる」

山本は思わず息を飲んだ。よくわからないままに、自分の罪が確定し、重い罰が与えられようとしている事実に頭がついていかない。

慌てて、一二月二日の記憶を手繰《たぐ》る。あれは確か……。

しかし、反証の機会など、山本には与えられていなかった。裁判長はもう次の書類に目を通している。警備兵に強引に腕を引かれたが、山本は必死に抗《あらが》い、訴えた。

「ちょっと待ってくれ。誤解だ。あれは、ただの満鉄の出張だ！」

警備兵にずるずると引きずられながらロシア語で訴えたが、裁判長はつまらなそうな視線をちらりと送っただけだった。

どうでもいいのだと山本は打たれるように理解した。

真相など裁判官たちにはどうでもいいのだ。ただ、捕虜を拘束し続けることに対し、国際社会から責められずにすむような、それらしい言い訳が立てばいい。

警備兵は呆然とする山本を控室まで引きずっていった。そして、山本を椅子に向かって放り出すと、待機していた別の捕虜の腕を摑み、法廷へと連れて行った。

控室には、相沢と松田の姿があった。

彼らも裁判を受けてきたのだろう。同じようなことを告げられたことは、一目でわかった。

「ちくしょう！」

相沢が拳をテーブルに叩きつける。

「なんで俺が二十五年なんだ。俺は命令にしたがっただけだ！」

喚《わめ》くように言うと、頭を抱えた。

松田は黙ってただ遠くを見つめている。

「……お前もか？」

相沢の問いかけに、松田は薄く笑った。

「……卑怯者の罰です」

松田が告げられた罪はまったく身に覚えのないものだった。言葉もろくに通じない状況で、なんとか無実を訴えたが、無駄だった。

これは茶番なのだと、段々と松田にもわかってきた。

そして、どうにもならないと悟った瞬間、思ったのだ。自分は卑怯者の罰を受けたのだ、と。

捕虜たちは次々に裁判にかけられ、予《あらかじ》め確定している罪と罰を告げられた。

数十人もいたが、全員の裁判が終わるのはあっという間だった。

重罪を犯した戦犯であること。

それが、ダモイ寸前で山本たちが列車を降ろされた理由だった。

まだ九月だというのに、もう小雪が舞っている。

ハバロフスクの冬も厳しいものになりそうだと山本は思う。根っからの楽天家である山本も、さすがに冬を迎える前にダモイできるとは思えなかった。

形ばかりの裁判を終え、本格的にハバロフスクのラーゲリに収容されることになった山本たちは、中庭に集められていた。

新入りの捕虜たちを集めて、中央の仮設舞台から見おろしているのは、ソ連兵ではなく、若い日本人の捕虜たちだった。

仮設舞台にはスターリンの肖像画が飾られ、「世界平和の城砦、ソ同盟万歳」「天皇制打倒！　民主日本の建設へ！」といった張り紙が貼られている。

山本は舞台に、ひざまずかされている男が原であることに気付き、ぎょっとした。「反動」と書かれたプラカードを首から吊るされ、その顔は以前よりもさらに腫れ上がっている。じくじくと滲んでいる血が痛々しかった。

まるで、打ち首を待つ罪人のように、原はさらし者にされていた。

「すでに旧日本の序列は意味をなさない！」

若い男は熱に浮かされたような口調で、叫んだ。

「我々はソ連に賛同する。ソ連は労働者が国家の基礎だ。共産主義こそが唯一無二の優れた思想である！　原！　引き続き、自己批判しろ！」

自分の過ちを認め、次の行動をよりよいものにするための自己批判。しかし、それはもはやただのリンチの手段になっていた。自らの心を自らの手で壊していく様を見下し、嗤う、ただの見世物だった。

原の表情が抜け落ちた理由が、ようやくわかった。

「……アカの巣窟か」

相沢が吐き捨てるように言う。相沢の部下も思わず「アクチブだ……」と声を漏らした。

アクチブとは先頭に立って積極的に活動する者、活動分子のことだ。当初、捕虜にした日本兵を、ソ連は労働力と見なしていた。しかし、時が経ち、日本を共産主義化するためにも利用しようと考えるようになった。そのために、養成されたのがアクチブと呼ばれる者たちだった。

「民主運動」の名のもとに、捕虜たちは共産主義を叩きこまれ、特に見込みがある者はさらに赤化《せっか》教育を受け、指導的立場となった。

アクチブになれば、ダモイも近づくという噂はスベルドロフスクのラーゲリにも届いていた。しかし、まだスベルドロフスクに赤化の嵐は訪れておらず、逆にアカと呼ばれる共産主義者は疎《うと》まれる傾向にあったのだ。

しかし、このラーゲリでは、まったく様相が異なっているのは明らかだった。

舞台上のアクチブたちは「アカの巣窟」という相沢の言葉を聞きとがめ、睨みつけた。

「相沢光男、前へ出ろ！」

彼らは相沢のことをすでに知っていた。「民主運動」で糾弾されるのは、将校や下士官など旧日本軍で階級が上の者たちだ。最初から、相沢は標的にされていたのだ。

相沢はアクチブたちに両腕を摑まれ、抵抗する間もなく舞台上に引きずり上げられた。

「これより反動相沢を糾弾する！」

アクチブのリーダーが高らかに告げた。

「俺が何をしたって……」

両腕を拘束され、もがく相沢を、リーダーは冷たく見おろした。

「相沢は、特権階級を笠に着て、自らは働かず、のうのうと一人休み、他の人間を酷使させ、搾取した」

アクチブたちから、「同感！」「異議なし！」と声が飛ぶ。「反動！」「ファシスト！」「天皇の手先！」「謝れ！」激しくやじる声は止まない。中庭は異様な熱気に包まれていた。言葉のつぶてを四方八方から投げつけられ、相沢は呆然としている。

相沢の部下たちは顔を見合わせた。

そして、一緒になって糾弾の声を上げはじめた。

糾弾する側に回らなければ、自分がやられる。そのことをいち早く察知したのだろう。

山本はその光景に呆然としつつ、薄々と感じられるソ連の意図にぞっとした。

最初、ソ連は旧日本軍の階級制度をそのまま利用することで、憎しみを上官に向けさせた。今度は、アクチブを利用することで、互いに糾弾し合い、疑いあうように仕向けているのだろう。共産主義に賛同しないというだけで、「反動」のレッテルを貼られ、吊るし上げを食らう。「反動」にされないためにも、捕虜たちが民主運動に競い合うようにのめり込むのは自明のことだった。

相沢はアクチブたちにぐるりと周囲を囲まれた。アクチブたちは革命歌「インターナショナル」を叫ぶようにして歌いながら、その輪をぐーっと縮めて、相沢を押しつぶす。相沢は輪の中で、もみくちゃにされた。

相沢の部下だった者たちもその輪に加わっている。

吊るし上げから解放された相沢は、ボロ雑巾のようになっていた。周囲を威嚇するような空気を放っていた相沢が、弱々しく見えた。そんな様子を見て、腰ぎんちゃくのようだった部下たちが嗤っている。

それから、アクチブたちはずっと自己批判させていた原を取り囲んだ。

同じように輪になって執拗《しつよう》に押しつぶす。

原は心をどこか遠くに飛ばしているように、じっと目をつむって、その暴力に耐えていた。

夜になりラーゲリの中庭で、山本はまた掃除をする原を見かけた。朝に吊るし上げにあい、昼は昼で重労働を課せられているというのに、夜にもまだ作業を押し付けられているのだった。「反動は使い殺せ」というのがアクチブの方針だった。

原は明らかに憔悴《しょうすい》しきっていた。ふらりと倒れそうになったのを見て、山本は駆け寄る。腕をつかんで支えたのが山本だと気づくと、原はまた背を向けて、距離をとった。

「……私に近づくなと言ったでしょう」

「そういう訳にはいきません。原さんは、私にロシア文学の素晴らしさを教えてくれました。今の私があるのはあなたのお陰です」

原はかなりの読書家で、ロシア文学にも造詣《ぞうけい》が深かった。山本も一通りのロシア文学には触れていたが、原と文学談義を交わす中で、改めてその骨太さ、奥深さにすっかり魅了されたのだった。

「……昔のことです。忘れてください」

「忘れられるわけないじゃないですか。あなたは、六大学野球で優勝した故郷の英雄ですよ」

山本はにやりと笑って言った。六大学野球で四番打者をつとめ、優勝まで果たした原は故郷の英雄だった。そのことを話題に出すと、原がしきりに照れるので、何かあれば揶揄《からか》うのが、二人の間のお決まりのやり取りになっていた。

あの頃に戻れたらという思いで口にした山本の言葉に、原は無表情を貫《つらぬ》いていた顔をかすかに歪めた。

そして、ずっと逸らしてきた視線を、初めてまっすぐに山本に向けた。

「妻と子供に会えるためなら私はなんでもします」

心の底が重く凍り付くような、しんと冷えた声で、原は告げた。

「友人や仲間だって売ります。ただの満鉄の出張を諜報活動にもします」

「え……」

「私はあなたを売りました」

「まさか……」

「私はそういう人間です。感謝も思いやりも捨ててください。自分が生きることだけを考えるんです。……私のことは忘れてください」

そう言って、原は夜の闇の中に消えていった。

山本の知る原は誰よりも友人を大切にする男だった。一等兵だった山本とも、その立場を超え、友人として接してくれた。

他の誰を疑ったとしても、原を疑うことはなかっただろう。山本は原をよく知っていた。気持ちの良い、情に厚い男だと深く心を寄せていた。

嘘をつくなと原の言葉を一蹴したかった。でも、できなかった。山本の心は、原の言葉が真実であることに、どうしようもなく気づいていた。

どうして、と尋ねたかった。妻と子供に会うため。確かに原の言葉どおりの理由なのだろう。それでも、肩を揺さぶって問いただしたかった。

しかし、山本はただ悄然と立ち尽くしていた。

原の背中を追いかける気にはなれなかった。

ひどく混乱していた。あれこれ考えることが何より好きだというのに、何も考えたくないと初めて思った。


それからしばらくして、山本もアクチブたちの標的になった。

山本がソ連に対しスパイ活動をしていたというのが、アクチブたちの言い分だった。

ただロシアに魅かれ、言葉を学び、詳しくなったというのに、かつてはソ連側のスパイだと言われ、今は反ソ連だと責められる。皮肉な話だった。

ハバロフスクに移っても、労働の重さは変わらなかった。中でもきついのが、レンガ工場のレンガ搬出作業だった。焼かれたばかりのまだ熱いレンガを運ぶのだが、「反動」のレッテルを貼られた者たちは火傷《やけど》を防ぐ装具を使用させてもらえなかったのだ。

アクチブの嫌がらせだった。

ひどい火傷を負って医務室に運ばれても、看護係の日本人捕虜はアクチブの目を恐れて、治療してくれない。見かねて治療できるように計らってくれたのは、ソ連の監視兵だった。

吊るし上げで痛めつけられた体での労働は、もともとひ弱な体の山本にひどくこたえた。

同じように、ラーゲリを移ってきて、「反動」とされ、リンチの末、命を落とす者もいた。そうした死者は白樺の木の根元に埋葬されたので、「白樺の肥《こ》やし」と呼ばれた。

自分も「白樺の肥やし」と呼ばれるようになるのかもしれない。

必ず日本に帰るという確信が、ここにきて初めてぐらりと揺れた。

アクチブたちは激しい吊るし上げを繰り返しながら、早く「白樺の肥やし」になれと、嘲笑する。アクチブたちの活動はどんどん過激になっていく。その様子を、ソ連兵たちは遠くから、傍観していた。

いつしか長い冬が始まり、連日、猛吹雪の中作業に出るようになった。

炭鉱に向かい、一日中、石炭まみれになってつるはしをふるう。

重いノルマをなんとかこなす頃にはもう何の力も残っていない。しかし、また作業場からラーゲリまで、吹雪の中を歩いて帰らなくてはならないのだ。

さらには、アクチブたちの指示で「赤旗の歌」を大声で歌わなければならない。

「赤旗の歌」は労働の歌であり、革命の歌だ。歌えなければアクチブに目を付けられると、皆必死になって覚えた。

しかし、勇ましい曲調の歌を、吹雪の中大声で歌うのは、想像以上にきつい行為だった。

捕虜たちがバタバタと倒れ、歌声は小さくなっていく。

近くを歩いていた男が目の前で倒れても、山本はぼんやりと見つめるだけだった。

松田はそんな山本を少し離れたところから見ていた。

以前の山本ならふらふらになりながらも、手を貸していただろう。しかし、今、山本は表情の抜け落ちた顔で、ただ歩き続けている。

（結局、そうなのか……）

かつての山本の言動に反発を感じていたというのに、今、松田が感じているのは強い失望だった。身勝手だという自覚はあった。それでも、山本には信じさせてほしかったのだ。

自分は山本に山本のままでいてほしかったのか……。

山本はいつ倒れてもおかしくないほど、やつれていた。表情のない顔は、まるで原のようだった。

吹雪が勢いを増していく。松田も気を抜けば、すぐにでも倒れてしまいそうだった。

もう「赤旗の歌」は聞こえない。ただ、吹雪のごうごうという音だけが辺りに響いていた。

チョークを手に取り、モジミは黒板に大きく「希望」と書いた。

子供たちの視線が集まるのを感じ、にっこりと微笑む。

教壇に立つのは随分と久しぶりだ。少しでも教師らしく見えるよう、乏しい貯《たくわ》えを崩し、思い切って白いブラウスを購入したが、昨夜はあまり眠れないほど不安だった。

しかし、子供たちの前に立つと、背筋が伸びる感覚を自然と思い出した。この仕事がとても好きだったことも。

行商の途中で再会した元同僚は本当に手を尽くして、モジミの再就職を世話してくれた。そして、モジミは隠岐島の小学校に教師として復職することができたのだった。

教師に戻れると決まった時には、これで子供たちに食べさせてやれる、教育だって受けさせてやれるといったことばかりが、頭に浮かんだが、実際、教壇に立って感じたのは、好きなことを仕事にできるという喜びだった。

「みなさんはじめまして。先生は、この言葉が好きです」

モジミは黒板に書いた文字を示す。子供たちはぽかんとした顔で、「希望」という文字を眺めている。

「何度も失いかけて来たけどね……。でも！　この言葉を教えてくれた人は、絶対に希望を失わない人でした」

まず初めに「希望」という言葉について話そうというのは、あらかじめ考えてきたことだった。自分にとって大事な言葉を、生徒たちに伝えたかった。生徒たちの抱える事情も様々だ。両親を亡くした子もいれば、貧しい暮らしを余儀なくされている子もいる。

そんな子たちに「希望」を伝えたいと思った。

モジミは、山本の生き方を通して「希望」という言葉を知った。辞書に書かれている意味はもちろん知っていたけれど、この言葉を体現しているような山本を見ていると、自分はこの言葉をまるで知らなかったんだという気持ちになった。

失敗しても、山本はいつも諦めなかった。改善点が見つかったとかえって喜んだ。これで成功に近づいたと、常に前を向いた。しかも、なんとも楽し気に。

本当に楽しそうなので、ついつい周りもつられ、巻き込まれてしまうのだ。

モジミは、丸眼鏡の奥の目を細めて笑う山本の顔を思い浮かべる。

ハルビンで別れてから、もう二年もの月日が経とうとしていた。

「先生」

少し高い男の子の声で、モジミははっとした。ぼうっとしている場合ではない。今日は大事な初日なのだ。まっすぐ手を上げた男の子は、少しもじもじとしながら言った。

「名前は？」

「あ……忘れてた」

教室に笑い声が起こった。モジミも苦笑する。そういえば、まだ自己紹介さえしていない。希望について話そうという気持ちが先走ってしまった。

モジミはまたチョークを手に取り、希望という言葉の横に自分の名前を書いた。

「山本モジミです。よろしくお願いします！」

モジミは丁寧にお辞儀をして、にっこりと微笑む。モジミを見つめる、子供たちのきらきらとしたまっすぐな目。モジミはこの子たちこそが「希望」なのだと思った。敗戦し、あまりに多くのものを失ったこの国に残された、「希望」。それを育てるという仕事を、自分は託されたのだ、と。

8

しぶとく残り続けていた雪が解け、ようやくラーゲリにも短い春が訪れた。

春になると、捕虜たちは白樺の根元を掘り起こす作業を命じられた。

死者たちを埋葬し直すためだ。

冬になると、北の大地は凍り付く。そのため、夏のうちにあらかじめ、その冬の死者数を想定した大きさの穴を白樺の根元に掘らされる。冬のうちに死んだ者はそこに放り込まれるのだ。春はそうした遺体を掘り起こし、改めて埋葬する季節でもあったのだった。

誰かが死ぬのを見越して掘られた大きな穴。厳しい労働で疲れ切り、激しい民主運動で心も擦り切れつつある男たちは、その穴を見て「俺はもうじき白樺派だよ」などと口にするようになった。次にこの穴に入り、白樺の肥やしになるのは自分だという自嘲の言葉だった。

山本はその日、鉄道を敷設する現場に送られていた。

山本に対する、アクチブからの吊るし上げは続いている。冬はなんとか越えたものの体力的には限界をとうに超えている。課せられたノルマをこなすことができず、もともと少ない食糧の配給を減らされているのも、じわじわと山本の体力を削っていた。

原とは相変わらず話も出来ていない。先生のように慕ってくれていた浩たちももういない。アクチブに目を付けられるのを恐れてか、人とのやりとりも極端に少なくなった。

山本の中にあるのは、白樺の肥やしになるものかという意地だけだった。

山本はターチカと呼ばれる手押しの一輪車をよろよろとしながら、懸命に押した。白樺の木でつくられたターチカはそれ自体、相当な重量がある。それにいっぱい土を盛ると、両手が抜けそうな重さになった。

とにかく重いものを運び続けなければならない鉄道の現場は、数ある現場の中でもきついものだった。まだレールが敷かれていない土地はどこまでも果てがなく、作業に終わりが見えないことも疲労感を募らせた。

ソ連監視兵が合図を出す。昼食休憩の時間だった。

山本は作業の手を止め、線路の脇にのろのろと腰を下ろす。そして、携帯していた黒パンを取り出した。

朝に少し食べたとはいえ、なんとも小さな欠片だった。山本は一口をすぐには飲み込まず、いつまでも噛み続ける。栄養失調のせいか、頭がぼうっとしていた。

うつむきながら、パンを食む。地面の草が目に入って、反射的に食べられるのだろうかと考える。

捕虜たちの多くは、空腹をしのぐため、目に付いた草を片っ端から口にしていた。えぐみが強くて、飲み込めないようなものも、バケツで茹《ゆ》で、握り飯のように丸めて食べた。茹でても強烈なえぐみがいつまでも口に残ったが、それでも腹は膨れる。そんな風に必死になっている捕虜たちを、ソ連の監視兵たちは「日本人は牛だ」と冷やかした。

山本も何度か真似て、草を口にしたのだが、どうしても飲み込むことができず、えずくのが止まらなくなった。すっかり懲《こ》りたつもりだったのだが、この空腹が少しでも紛れるならとつい考えてしまう。

ぼうっと草を見つめていると、近くから甲高い犬の鳴き声がした。どこから来たのか、黒い子犬が山本の横で、ぶんぶんと尻尾を振っていた。

痩せた子犬だった。お腹を空かせているのだろう。山本は手にしている黒パンをじっと見つめた。

子犬は催促するように山本を見上げる。空腹で、山本の胃がしくりと痛んだ。山本は少しだけ迷ったが、結局、残りのパンを自分の口に放り込んだ。

犬から目を逸らして、ひたすらパンを咀嚼するが、気が咎めるせいか、味がわからない。

その時、「クロ！」と呼ぶ声がした。

黒い子犬は耳をぴんとさせたかと思うと、一直線に声の主に向かって走り出す。

子犬に呼びかけたのは新谷健雄《しんたにたけお》という若い男だった。足が悪いようで、片足を引きずっている。

子犬は甘えるように、新谷に飛びついた。新谷はバランスを崩して、後ろに倒れ込みながらも笑っている。子犬がぺろぺろと顔をなめると、新谷は嬉しそうにわしゃわしゃと子犬を力強く撫でた。

名前を付けるほどだ。何度もこの現場で顔を合わせているのだろう。子犬は新谷によく懐いているようだった。

新谷はカバンから黒パンを取り出すと、躊躇なく半分に割り、その半分を子犬に与えた。

子犬はがつがつとパンを食べはじめる。それをにこにこと見守りながら、新谷も残りの半分を嬉しそうに口にした。

「……いいのか？　大事な食糧だろ」

近くで見ていた男が、呆れたように尋ねる。新谷は「はい！」と笑顔で力いっぱい返事をした。アクチブの存在もあり、皆が皆、疑心暗鬼になっているこのラーゲリの中で、少し心配になってしまうほどの開《あ》けっ広《ぴろ》げな表情だった。

新谷はすぐにパンを食べ終えてしまった。物足りないだろうに、と山本は思わず、新谷の様子をうかがう。パンを食べ続けるクロを見ていた新谷は、ふと上を見て、はっとした顔をした。

新谷は左足をかばいながら、ゆっくりと立ち上がる。じっと空を見上げて、にこにこと笑っている。空には特に何が見えるわけでもない。鳥の姿もなく、雲の姿さえない。

「……何を見てるんだい」

思わず山本は新谷に尋ねていた。自分から誰かに話しかけるのは久しぶりのことだった。

「はい！　冬の間は気づかなかったんだけど、シベリアも空が広いんだなあって……」

「空……？」

新谷が見ているのは、空そのものだったのだ。山本も思わず空を見上げる。

広い広い空だった。

じっと見つめていると、自分という存在がどんどんと小さくなっていき、魂がひゅっと引っ張り上げられるような、不思議な気持ちになった。

長い冬の間、空を覆っていた灰色とは違う、透き通るような青。

怖いけれど、解放されていくような心地よさもあった。

夢中になって見つめていると、鳥の声が聞こえてきた。低く唸るような風の音も聞こえてきた。土のようなにおいもする。急に世界に色がついたようだった。

その感覚は、山本にある日のことを鮮明に思い出させた。


それは、山本がモジミにプロポーズをすると心に決めていた日のことだった。

山本とモジミはモジミの故郷である隠岐島で、久しぶりに顔を合わせていた。

二人が出会ったのはその半年ほど前だ。モジミは親友の郁子《いくこ》に誘われ、九州旅行に出かけた。郁子は山本の若い叔母で、旅の途中、山本の家に泊まったことが出会いのきっかけだった。山本の家ではほとんど二人きりで話すこともなく、モジミは隠岐に帰ってしまったが、すぐさま、山本は手紙を書き送った。モジミからの返事が届くのも待ちきれず、次々と手紙を送る。書かずにはいられなかった。

お互いに書くことが苦ではなかったこともあり、手紙のやりとりは途絶えなかった。書き終えてすぐ、新たにモジミに伝えたいことが浮かんでくる。

山本はモジミの真っすぐで、快活な文章に好感を持った。モジミもまた、山本の手紙から感じとった人柄を好ましく思っていることが感じられた。

二人は何度か落ち合って、二人きりの時間を過ごしたが、その度にもうずっと前から二人で生きてきたかのような感覚を味わった。

互いに結婚を意識するのは当然の成り行きだった。

しかし、モジミの周囲は、山本との結婚に否定的だった。大学でマルキシズムを学んでいた山本は、社会主義運動に関わり、逮捕され、退学処分を受けていた。そのため、彼は「社会主義者」と世間から見なされていたのだ。

しかも、退学となった後、叔父の店を手伝っていたが、経済的に余裕があるとは言えない。

伴侶を迎えるのに理想的な状況とはほど遠かった。

しかし、山本は楽天的だった。

　モジミが結婚を承諾さえしてくれれば、大抵のことはどうにかなる。心からそう思えた。

　久しぶりに会うモジミは、記憶よりもなお美しかった。娘らしい、鮮やかな水色の振袖を着た彼女は、教師らしくしゃんとしていて、凛《りん》とした芯の強さを感じさせた。

　その日、プロポーズすることは決めていた。普段、服装に頓着《とんちゃく》しない山本だが、思い切ってぱりっとした白い背広を新調した。合わせて、白い帽子まであつらえた。高い買い物だったが、顔を合わせた時のモジミの表情だけでお釣りが来た。

　どんな風に伝えるかは、事前に幾通りも考えていた。しかし、彼女の姿を見た瞬間に、全てが吹き飛んでしまっていた。

　人生において、あまり言葉に詰まったことのない山本だったが、その時は言葉がまるで出なかった。そのため、苦肉の策として、山本はモジミを誘い、近くの海までぶらぶらと歩いて行った。

　海辺にある流木に山本が座ると、モジミは着物のことを少し気にしながらも、思い切って隣に座った。山本もモジミも黙っていた。しかし、その沈黙は決して気まずいものではなく、ずっとそうしていたような、くつろいだ心地よささえあった。

　しばらく、山本は海を見ていた。別に特段海が好きだという訳でもない。ただ、目の前にあったから見ていただけだ。ふと隣に目をやって、山本は少し驚いた。モジミは海ではなく、空を見ていたのだった。

空はどこまでも広く、美しかった。目の前にありながら、自分がまったくこの空に気づかずにいたことに、山本は小さな衝撃を受けた。

二人は黙ったまま、並んで空を見上げていた。

あの時も、そうだった。波の音、鳥の声、風の音。それまで、聞こえてこなかったような音が聞こえてきて、その時も感じたのだった。世界に色がついた、と。


日が落ちてきた。午後の作業が終わり、捕虜たちはラーゲリへと戻される。

山本は立ち止まって空を見上げていた。

空は赤く染まっていた。遊びを終えて、家路を急ぐ子供の頃の記憶が呼び起こされるのだろうか。妙に心細く、帰りたい、ただ帰りたいと思った。

見ていて、胸が痛くなるけれど、やはり空は美しい。

この空を自分は初めて本当の意味で見たのだ、と山本は思った。あれだけ行きたいと切望していたロシアに、これだけ長いこといるのに、自分は目をつむり、耳を塞いでいた。

この空を現すにふさわしい日本語はなんだろうと考える。合わせる季語は、と頭の中で候補を並べる。自分の心を突き動かした衝動を、俳句という形にまとめるのに、いつしか山本は夢中になっていた。捕虜であることも、空腹のことも、忘れていた。

クロの鳴き声に、ふと我に返る。

少し離れたところで、新谷がクロと夢中になって遊んでいた。

この空を見せてくれたのは新谷だ、と山本は思う。彼が空に目を向けなければ、山本はこの日も俯《うつむ》いたままでいたはずだ。彼の目を通して、もっと他のものも見てみたいと思った。

句会を開くのはどうだろうと不意に思いつく。ソ連兵やアクチブに見つからないように、興味を持ってくれそうで、信頼のおける人にこっそり声をかけて、人を集めるのだ。

アイデアが次々に湧いてきた。

空を見上げながら、山本は微笑む。

久しぶりに心が熱くなっていた。

ソ連兵が「戻れ」とロシア語で怒鳴る。新谷はソ連兵に追い立てられるように、捕虜たちの列に戻った。彼は何度も何度も振り返って、クロを見ている。

ソ連兵に追い払われたことがあるのだろう。クロは追いかけようとはしなかった。新谷の方を見ながら、ぱたぱたと力なく尻尾を振っている。

山本はクロをじっと見下ろす。クロは山本に気付くと、勢いよく尻尾を振った。

子犬はガリガリに痩せている。

少しでも黒パンを分けてあげればよかった。今更ながらに後悔が湧いた。春とはいえ、夜は震えるほどに寒くなる。この子犬はひとりどう生き延びるというのか。

そう思ったら、咄嗟に体が動いていた。山本はクロを抱え上げ、隠すように、上着の中に入れて、抱え込む。

クロは暴れることもなくじっとしている。じんわりと伝わる子犬の体温に、山本は思わず微笑んでいた。

季節は廻《めぐ》り、ラーゲリは夏を迎えた。

その日、山本たちが送り出されたのは道路工事の現場だ。山本は細い腕で必死になってつるはしを振るう。

労働は相変わらず厳しく、食料も乏しい。しかし、山本の表情は春の頃よりずっと明るかった。

辛《つら》いことや理不尽なことがあると、山本はそれをどう俳句にしようか考えるようになった。そうすると、苦しみや苛立ちが自分からぽんと切り離されたように感じられて、少し楽になった。ただただ腹立たしい出来事の滑稽な一面を見つけて、面白がることさえあった。

そろそろ句会を実現させたい。そう考えた山本は、休憩時間になると、まず手始めに新谷に声をかけた。

新谷とは春から大分、打ち解けて話すようになっていた。

それには、ラーゲリに連れ帰ったクロの存在が深く関わっていた。

バラックの陰で、自分の食糧を分け与えながらこっそり飼い始めたのだが、新谷は真っ先にクロに気付き、当たり前のように、自分の食糧も分けてくれたのだ。

二人はなにかと一緒に行動するようになった。

その日、捕虜たちは、現場近くの川で休憩することを許された。もちろん、ソ連兵の監視はついているが、炎天下の作業で汗をびっしょりかいている。涼しい場所で過ごせるのはありがたかった。

パンを食べながら、一緒に句会をしないかと新谷に話すと、彼はきょとんとした顔をした。聞けば、俳句というものもよく知らないと言う。五・七・五の十七音による定型詩だと説明すると、新谷は少しだけ考え、すぐにぱっと顔を輝かせた。

「シベリアの、空は日本に、続いてる」

ゆっくりと指を折りながら、音の数を数える。そのまぶしいほどの真っすぐさに、山本は思わず微笑んだ。まずやってみようと思ってくれたことがうれしかった。

「いいね、新ちゃん。いい俳句だ。でも季語がないね」

「……季語？」

新谷は指を折ったまま、首を傾げる。

山本は新谷に「俳句に季語があるのはね、新ちゃん、へそだと思えばいいよ」と軽い調子で教えた。それだけ必ずついているものだということだ。例えば「燕《つばめ》」も季語なのだと山本が教えると、新谷は目をキラキラさせた。シベリアでは燕が夏を運んでくる。作業場にある巣に燕の姿を見かけた時の、夏だなあという深い感慨は新谷にも覚えがあった。

シベリアの季節は、夏は短く、冬は長く、春と秋はまるで駆け抜けるようで、日本とは違っている。それでも、季節は確かにあり、生活の中で、それを自分は確かに感じているのだと、発見する思いだった。

その時、二人の横を、若い捕虜たちが歓声をあげながら、走り抜けていった。男たちはそのまま勢いよく川に飛び込んでいく。中には、走りながら、服を脱ぎ捨て、褌《ふんどし》一丁になる者もいた。

「水浴びの許可が出たぞ！」

遅れて走ってきた捕虜の男が大声で告げる。大きな歓声が上がった。

男たちは次々に水に入り、汗や垢《あか》を落としている。中には、洗濯をする者もいた。

新谷も服を脱ぐのも待ちきれない様子で、川に入って行った。山本も服を脱ぎながら、ちらりと監視兵の様子を盗み見る。捕虜の一人が、監視兵に煙草を渡しているのが見えた。ごくたまに配給される煙草は貴重品だ。それはソ連兵にとっても同じで、煙草と引き換えにちょっとした便宜を図ってくれる者もいた。

夏でも川の水は頭がしゃんとするほど冷たい。最初こそ心地よかったものの、もともと肉付きの薄い山本はすぐに震えるほど寒くなり、さっさと上がってしまった。

若い男たちは水の冷たさに悲鳴を上げながらも、楽しそうに川に入ったままでいる。

少し離れたところで、松田と相沢がそれぞれ一人で静かに水を浴びているのが見えた。

二人とはこのラーゲリに移ってから、ほとんど会話も交わしていない。それどころか、二人は誰とも混じろうとせず、常に一人で行動していた。

松田はアクチブに目を付けられることがないよう必死に気配を消し続け、相沢は相変わらずアクチブに痛めつけられている。

相沢の元部下たちは今では熱心なアクチブだった。

山本も何度も彼らには吊るし上げを食らっている。

今日の現場には、彼らをはじめとするアクチブたちの姿はなかった。監視兵はいるが、難癖をつけようと見張る日本人がいないだけで、ずいぶんとくつろいだ雰囲気が漂っていた。

「獲《と》ったぞ！」

褌姿の新谷が大きな歓声を上げた。両手でしっかりと捧げ持っているのは、尾をくねらせて暴れる大きな川魚だった。

「すごいね、新ちゃん」

山本に褒められ、新谷ははにかむように微笑んだ。

「小さい頃から父ちゃんの船に乗ってたんで」

「漁師……？」

「ええ。漁をしてたら、捕まってしまって、ここに」

「え？」

「俺は戦争に行っておりません。生まれつき足が悪くて」

屈託なく、何でもないことのように、新谷は告げる。山本は言葉を失った。

足が悪いことはわかっていたが、何か軍で仕事をしていたのだろうと思い込んでいたのだ。まさか、漁で捕まった男が、戦犯としてこのラーゲリに収容されているとは想像もしなかった。

ただの出張を理由に、スパイの罪を着せられた自分も大概、理不尽な目にあっているが、新谷は漁をしていただけなのに、ソ連に捕まり、戦犯にまでされている。

滅茶苦茶な話だった。

「漁ばかりしてたんで、学校にも行ったことがありません。山本さん、僕に字を教えてくれますか」

新谷は恥ずかしそうに微笑みながら、山本に頭を下げる。

山本はうんうんと何度もうなずく。

ダモイの日はきっと近い。その日までに、必ず読み書きができるように教えてやりたい。山本は強くそう思った。


舞鶴の港は、小さな日の丸の旗を持った人々で埋め尽くされていた。

港にはソ連からの引き揚げ船が停泊している。船から一人、また一人と捕虜だった日本兵が姿を現す度に、轟くような歓声が起こった。

出迎えの人が、帰還兵に日の丸の旗を手渡している。帰還兵たちは皆疲れ切った様子だったが、それでも日の丸を目にすると、ぱっと顔を輝かせた。

出迎えの人々は、彼らを一目見ようと、押し合いへし合いする。モジミは熱狂的な人々の真ん中で、もみくちゃにされていた。手には「山本幡男」と書かれた紙を持っている。しかし、その紙はうまく広げることもできないままに、しわくちゃになりつつあった。

「山本幡男です。山本幡男を知りませんか！」

モジミは必死に声を上げる。しかし、その声は大歓声にかき消され、誰の耳にも届かなかった。

それでも、モジミは声を上げ続ける。声ががらがらとかれてきた頃、モジミはもみ合う人々に押され、群れからはじき出された。手にしていた紙も取り落とし、あっという間に踏みしだかれてしまう。

なんとか紙を回収し、破れていないことに、モジミはほっと息を吐いた。

「どうせ生きているかどうかもわからない」

群れの中に戻ろうとした、モジミの腕をつかんで止めたのは長男の顕一だった。十四歳になった顕一はモジミと並ぶほどの背丈となり、声も低く変わっていた。

「もうやめよう。もう待つのはやめよう」

「顕一……」

顕一は引き揚げ船のニュースを耳にするたびに港に駆けつけるモジミの姿を、一番近くで見つめてきた。

山本が引き揚げ船に乗っていなくても、何か消息を知っている人に会えるかもしれない。毎回、そう希望をもって出かけていくのだが、これまで何の手がかりも得られていない。

港から隠岐島までの帰り道、モジミはずっと笑顔を浮かべていたけれど、本当は今にも泣きそうなことを、顕一はちゃんとわかっていた。

モジミは山本から教えてもらった「希望」という言葉が好きだと、顕一たちにも口癖のように言っていたけれど、顕一はこの言葉が嫌いになりつつあった。だらだらと希望を抱き続けるのはつらい。

四年はあまりに長かった。

「僕が母さんを助けるから。そう父さんと約束したから」

中学校に通う顕一は、卒業したら、働いて、母を助けるつもりでいた。しかし、モジミは大丈夫だからと高校はもちろん、大学まで進学するように言って、譲らない。山本からくれぐれも頼まれているのだと言われると、顕一も強くは言えなかった。顕一自身、本当はもっと学びたいという気持ちもある。

モジミが教職に復帰してから、安定的な収入は得られるようになったものの、生活は相変わらず厳しかった。四人の子供たちが成長するにつれ、必要な生活費はどうしても増える一方だった。

父の代わりに、顕一は母を少しでも楽にしてあげたかった。

しかし、今の顕一が母のために出来ることといえば、こうして港に付き添うことぐらいだ。まだまだ何の力もない子供であることが歯がゆかった。

「……お父さんは生きてる」

顕一の手をそっと外すと、モジミはにっこりと笑った。

「絶対に帰ってくる。わかるの。私には」

しわしわの紙を掲《かか》げ、モジミが再び大声で呼びかける。

「山本幡男を知りませんか。山本幡男です」

顕一はため息をついた。

顕一はまたよく知っていた。母の頑固さも。信じたい気持ちも。

港に通う日々がこの先、何年も何年も続くことを、顕一は半ば諦めつつ受け止めた。

しかし、モジミが港に通う機会は、この先もう何度も訪れなかった。

翌一九五〇年、終戦から五年目のこの年に、ソ連は突然、「日本人軍事捕虜の送還は完了した」と発表したのだった。

9

ラーゲリの中庭には人だかりができていた。

男たちが押し合いながら見つめている先にあるのは、掲示板だ。そこには、ソ連の指示で捕虜たちが作成している壁新聞が掲示されていた。

皆、どんな些細《ささい》なことでも日本の情報を知りたがっていたし、ダモイに繋がる情報に飢えていたから、壁新聞は人気があった。しかしそれでもここまで人だかりができることはあまりない。

松田は人だかりを嫌い、後で見ようと思ったが、男たちのただならぬ様子に胸騒ぎがして、思わず近づいていった。

壁新聞に書かれていたのは、それだけ決定的で衝撃的なニュースだった。

「第二次世界大戦における日本人俘虜《ふりよ》の送還が完了し、残っているのは戦犯またはその容疑者のみである」

ソ連の新聞に、ソ連政府の公式発表があったと、壁新聞は伝えていた。

それは、まだソ連に残されている者たちを日本に帰すつもりもないという宣言に等しかった。

しかも、その発表の中では、ソ連に残っている戦犯とその容疑者は二千四百六十七名とされていた。それはあまりにも少ない人数だった。一つのラーゲリに残っている人数から見ても、そんな数に収まるはずがない。調査方法も、もちろん、戦犯とされた者たちの氏名も、その記事では伝えていなかった。随分と適当でいい加減な数字に思えた。

自分たちは日本にその存在さえ知られぬまま、死ぬまで働かされ、白樺の肥やしになるのかもしれない。松田はそんな恐怖さえ感じた。

ラーゲリを移されてから、松田はダモイのことを考えないようにしていた。もう期待して、裏切られるのはこりごりだった。

しかし、どこかで、もしかして、とはずっと思っていたのだ。そんなささやかな思いさえ、粉々に打ち砕くような、「送還完了」の知らせだった。

「なんでだよ……俺たちはここにいるじゃねえか」

「日本に見捨てられたのか、俺たちは」

「そんな、俺たちは日本のために命をかけて戦ったんだぞ！」

捕虜たちの悲痛な声が上がる。

捕虜たちの落胆は激しかった。ほんの一か月前にこのラーゲリから突然、二十名ほどの帰還者が出たのだ。そのため、ダモイは近いという雰囲気が広まっていた。帰還者の中には二十五年の刑を言い渡されていた戦犯もいたため、ソ連の方針が変わったのではないかと、皆期待していたのだった。

掲示板の前には、山本の姿もあった。その表情は曇っていたが、他の者たちよりはいくぶん落ち着いて見えた。

相沢の姿もあった。相沢はぎょろりとした目を見開いて、掲示板の文字を睨みつけていた。

いつの間にかラーゲリに住み着き、皆から可愛がられるようになったクロという子犬と新谷だけがきょとんとした顔で皆を見ている。

山本が文字の読めない新谷のために、簡単に説明してやる。新谷はみるみる表情を曇らせた。

「……どういうことでしょう」

いつの間にか、新谷は山本を先生のように慕っていた。よく、休憩時間に一緒になって、何やら勉強している姿をよく見かけた。わからないことがあると、すぐに山本に尋ねる。彼に分からないことはないと、すっかり信じ込んでいる様子だった。

そんなこと山本にもわかるはずがないと、横で聞きながら、松田は内心思っていた。しかし、山本はその答えを持っていた。

「……朝鮮半島で戦争が始まったんです」

松田は思わず、先を促すように山本を見つめていた。他の捕虜たちも、山本の言葉にじっと耳を澄ませている。

「ロシア人たちが話しているのを聞きました。今、日本はアメリカの統治下なんです。そのアメリカとソ連が戦争を始めたようなものなんです」

朝鮮半島は、ソ連の影響下にある北朝鮮と、アメリカの影響下にある韓国に分断されている。朝鮮半島の戦争はいわばソ連とアメリカの代理戦争であり、アメリカの統治下にある日本は、今、ロシアと戦争中とも言える状態なのだと、山本はかみ砕いて説明した。

情報を収集する中で、山本はある程度、今の状況を見通していたのだろう。あれだけ口癖のようにダモイ、ダモイと言っていた男が、少し前から、気軽にダモイを口にしなくなっていたことに、松田は今更ながら気づいた。

「それじゃダモイは……」

相沢の元部下の一人が頭を抱えながら、悲痛な声を上げる。もう一人の元部下もひどい顔色をしていた。

「アクチブに入ればダモイできるんじゃなかったのかよ」

男は苦々しい声で吐き捨てる。裏切られたと言いたげなその響きに、相沢は思わず目を鋭くして、睨みつけた。

しかし、元部下の男たちは周りのことなどもう目に入っていなかった。どこか焦点の定まらない目をふらふらとさまよわせる。

その目は不意に門を捉え、ぴたりと止まった。

途端に、その目がギラギラと光を放つのを見て、松田はぞっとした。その目に宿っているのは、希望によく似た狂気だった。

壁新聞が掲示されてから数日後の夜のことだった。

ラーゲリの門が開き、一台の車が入ってきた。かなり上の立場のソ連兵なのだろう。入口の監視兵たちもその車に、随分と気を使っている様子だった。車の運転手が窓から身を乗り出して何か尋ねると、我先にとすっ飛んでいく。

一瞬、門ががら空きになった。

物陰からじっと門だけを見つめていた男たちは、ごくりと唾を飲む。

相沢の元部下の男たちだった。

やっと訪れた好機だ。

二人は頷きあうと、物陰から飛び出し、猛然と走り出した。

門は大きく開け放たれている。二人はただラーゲリの外に広がる暗闇を見つめ、門を駆け抜けていく。そして、二人は鉄条網に囲まれたラーゲリを脱出した。

これで、自分たちは自由だ。

二人はぎらぎらとした目で暗い闇を見つめながら、微笑もうとする。

次の瞬間、夜の静寂に、銃声が響き渡った。何発もの銃弾が撃ち込まれ、二人は声もなく倒れる。

長く続いた銃声がようやく止んだ頃には、二人は無惨な死体となって転がっていた。

銃声を聞いて、バラックから捕虜たちが飛び出してくる。捕虜たちは、監視のためのライトに照らされた光景を前に、呆然と立ち尽くした。

地面にゆっくりと血だまりが広がっていく。

二人の男たちの口元は歪《いびつ》な笑顔の形のまま、永久に凍り付いていた。


逃亡しようとした男たちの死は、しばらくラーゲリ中の話題をさらった。

男たちはただラーゲリから出ることだけを考え、その後の逃亡のことなどまるで考えていなかったらしい。ほとんど自殺のようなものだと、捕虜たちは呆れるように話した。呆れつつも、皆、一様に彼らに同情的だった。アクチブの活動をあまりに熱心に行っていた彼らは恨まれていたが、彼らを突き動かした日本に見捨てられたという絶望は皆、抱えている。他人事ではなかった。

あの夜、銃声を聞いてバラックを飛び出した原は、自分も彼らを追って門に向かって駆け出したいという衝動に駆られた。そうすればすべてが終わる。家族に一目会うために、心を殺し、友人まで売って、生き延びてきた。それが叶《かな》わないのであれば、もう生きている意味もない。

早く終わりにしたかった。

しかし、心からそう思っているはずなのに、足は張り付いたように動かなかったのだった。死を前に足がすくんでいた。

もう生きていてもしょうがないのに、どうして自分は生きているのだろう。そんなことばかりを考えた。

作業を終えた後、重い疲労を感じながら、中庭のベンチにぼうっと座っているうちに、夜はとっぷりと暮れていた。

手にはその日配給された黒パンがある。朝から一口も食べていなかった。腹は鳴るのだが、食べたいと思えない。

このまま何も食べなければ、ゆっくりと死んでいけるかもしれない。そんなことをぼんやりと思いながら、黒パンを脇に置く。

まるでカラスのような素早さで一人の男が近づくと、その黒パンをひったくり、駆け去っていった。

盗まれたのだとわかったが、原は目で追うこともしなかった。もうどうでもよかった。

「原さん……」

原はゆっくりと顔を上げる。目の前に山本が立っていた。クロにパンを分けていたのだろう。その横にはパンに齧《かじ》りつくクロの姿があった。

山本は原の隣に座ると、残っていた自分のパンをさらに半分に割った。その半分を強引に原の手に握らせる。そして、残りの半分をうまそうに食べ始めた。原は渡されたパンをぼうっと見つめる。

「大連にいた時、次男が馬車馬の腹の下に入ってしまったことがあったんです」

山本はのんびりとした口調で話し出した。

「引っ張りだそうにも、恐ろしくて手を出しかねていたら、下の子に乳を飲ませていた女房が走ってきて。抱いていた子供をいきなり僕に渡すと、馬の下に飛び込んで息子を助けだしたんです。女は弱し、されど母は強しというけれど、まったく男親なんて駄目なものですね」

山本は情けなそうに笑って、頭をかいた。

「本当に、母というのはすごいもんです。だからね、僕は女房が僕に会うために、日本で子供と無事でいてくれると信じているんです。きっと元気で、僕の帰りを待ってくれている」

原は妻の顔を思い浮かべた。まだ小さい子供の姿も。子供はどれほど大きくなったことだろう。会いたいと思わない日は一日もなかった。そうだと原は不意に思った。会いたいという気持ちは自分だけのものではない。日本で待つ家族も同じなのだ。自分の絶望にがんじがらめになって、そのことを忘れていた。

「ダモイの日は、生きていれば必ず来ます。今の状況だって、永遠に続くわけじゃない」

山本は力強く断言した。

「生きることをやめないでください。一緒にダモイしましょう」

原は小さく息を吐くと、かすれた声で尋ねた。

「……私を、許すと言うんですか。こんな私を」

「許すもなにも、そんなことがなくても、私は二十五年でしたよ」

そういう山本の顔は穏やかで、晴れ晴れとさえしていた。

ただの慰めではなく、その声には心からそう信じている響きがあった。

友人だと思っていた人間に裏切られ、二十五年という重い刑を言い渡されたのだ。信じていたものが崩れ、絶望を感じなかったはずがない。実際、このラーゲリに来た直後の山本は余裕のない暗い目をしていた。かつてのどこか呑気な友人をすっかり変えてしまったのは自分なのだと、遠くから見る度に、心が沈んだ。

しかし、今、山本はひどく穏やかな目をしていた。あれほどひどく拒絶し、裏切った原に、当たり前のように友達として接してくれた。

山本が立ち去っても、原は長いこと、その場所から動けないでいた。

ふと、山本からもらったパンを握ったままであることに気付く。

原は小さくちぎって、ゆっくりと口に押し込んだ。

長い時間をかけてゆっくりと嚙み締める。

気づけば、涙が頬を伝っていた。

10

松田はごろりと寝返りを打った。もう、何度も寝返りばかりを打っている。体はくたくただったが、まだまだ眠気は訪れそうもない。作業を終えて、バラックに戻された後の時間を、松田は持て余していた。

ラーゲリには娯楽がない。人恋しいのかずっとくだらない話を続けている者たちもいたが、松田のようにぼんやりと時が過ぎるのを待つだけの者も少なくなかった。

松田はずっと一人で過ごしていた。アクチブとも慎重に距離を置いた。山本のようには、自分はなれない。それでも、誰かを吊るし上げる側にも回りたくなかった。

孤独な時間は、苦痛に感じるほど、長く、苦しいものだった。

自分は、今、生きていると言えるのだろうかと思う。何の楽しみもなく、生きているという実感もなく。

しかし、どうしても、人と関わる気にはなれなかった。

　突然、山本に句会に誘われた時にも、即座に断ってしまった。山本は残念そうに、「気が変わったらいつでも」と言っていたが、松田は思わず怖くなって何度も辺りを見回した。

　句会なんて開いたら、営倉送りになるかもしれない。

　誰が告げ口をするかもわからないのに、こんな風にあっさりと誘いをかけるなど、普通ではないと改めて思った。

　しかし、よくよく観察してみると、山本は人を選んで声をかけているようだった。その人選は確かなものだったのだろう。雑談を装《よそお》って開かれる句会は、発覚することなく続いているようだった。

　山本が自分に声をかけたことに、松田は落ち着かない気持ちになった。

　山本が自分に何を見たのか、聞いてみたい気もした。

　しかし、「棺桶」に入れられ、死ぬよりもつらい目にあった記憶が、何をするにも先に立った。

　結局、一人でいるのが一番安全なのだ。

　もう、人との関わり方も忘れてしまった。

　松田は蚕棚の下に目をやった。

　蚕棚の下段では、新谷が文字の練習をしていた。セメント袋を切った紙を束《たば》ねてノートにし、どこからか調達したちびた鉛筆で、繰り返し文字を書いている。真剣な表情だった。

その横で、教えているのは、山本だった。

どうやら、俳句を作りながら、文字の練習をしているようで、時折、季語についてなど、アドバイスを加えている。山本は実に楽しそうに見えた。

松田はさっと目を逸らす。しかし、気づけばまた、じっと彼らを見つめているのだった。

二等兵、一等兵と呼ばれる前、松田は先生と呼ばれていた。

学校の教師だったのだ。生徒たちにも慕われていたと思う。出征の時には、多くの教え子たちが見送ってくれた。

自分はもう先生ではない。そして、もう一等兵でもない。

今の自分はなんなのだろうと思う。自分は松田研三だと、胸を張れるようなものは何一つなかった。

何の前触れもなく、バラックのドアが大きく開いた。皆、まるで野兎《のうさぎ》のように、体を硬直させる。

監視兵たちがどかどかと雪崩《なだ》れ込んできた。監視兵たちは無言で、捕虜たちのわずかな荷物を漁る。抜き打ち検査だった。

朝鮮戦争の開戦後、監視兵たちの態度は目に見えて硬化した。

「朝鮮戦争でおまえたち日本人の帰国は遠のいた。死ぬまで働かせる」と口にする者さえいた。

松田は息を殺し、長身を折り曲げるようにして小さくなる。目を付けられないよう、必死に祈った。

ああ、と一人の捕虜が悲痛な声を上げる。配給されている黒パンを固めて、隠し持っていたのが見つかったのだ。食料は逃亡の準備とみなされ、没収の対象になった。

監視兵は新谷がとっさに寝具に隠したノートを発見し、振りかざす。

監視兵は「なんだ、これは」と尋ねているようだった。

山本は「俳句です」と答えている。害のないものだとなんとかわかってもらおうと、俳句の説明までしているようだった。文字を書くジェスチャーもしていたので、「文字の練習でもある」と説明したのだろう。

しかし、監視兵は取りつく島もなかった。新谷のノートを没収し、一通りの検査を終えた監視兵たちは立ち去っていった。

ロシア語のわからない新谷は、ただただ混乱していた。文字を練習しているだけのノートなのだ。見ている松田にも、没収される理由はさっぱりわからなかった。

「……文字を書き残すのは、スパイ行為らしいです」

「そんな……」

山本の言葉に新谷はがっくりと肩を落とした。

「せっかく頑張って書いたのに」

「……書いたものは新ちゃんの記憶に残ってるだろう。記憶に残っていればそれでいいんだ。頭の中で考えたことは、誰にも奪えないからね」

山本が微笑みかけると、新谷はぱっと笑顔になって、力強く頷いた。

「それに、こういったものは没収されませんでした」

山本は懐に手を入れ、何かを摑みだす。そして、それを皆に見えるように、少し掲げると、にやりと笑い、原の背に向かってぽんと放った。

皆から少し離れたところで、じっと俯いていた原は、何かが背中に当たった衝撃に、はっと顔を上げる。原は床に転がったものに目を止め、小さく息をのんだ。

それは、野球の球だった。

どうしてそんなものが、と松田は思わずまじまじと見る。白く、綺麗な球体のそれは、色といい、サイズといい、野球の球にしか見えなかった。

「綿外套《フハイカ》の綿を丸めて作りました」

山本が得意げに言った。古くなった綿外套の綿をこっそり抜き取り、糸でぐるぐると巻いて球の形にしたのだと言う。

「……野球」

原が呟く。思わず漏れたというような声だった。

捕虜の一人がさっと球に駆け寄って、慣れた手つきで拾い上げた。

「懐かしい。親父とよくやったな」

「俺は中等学校の頃、甲子園目指してたんだ」

自信ありげな男がこっちへ投げろと大きくアピールする。軽いキャッチボールが始まった。

「甲子園か。俺は六大学の方が好きだった。再開したかなあ。見てえなあ」

キャッチボールの様子を懐かしそうに見ていた男たちが、目を細める。

いつも、すべてを拒絶するように目を伏せている原も、じっと球を目で追っている。

どこか無防備な表情だった。

そんな原の様子を見て、山本が嬉しそうに頷いたことに松田は気づいた。

今度は何を思いついたのだろう。

自分には関係ない。巻き込まれたくない。

そう思っているはずなのに、まるで山本が次に何をするのか楽しみにしているかのように、気づけば、その姿を目で追ってしまっていた。

月日の感覚もなくなりそうなラーゲリの中でも、曜日の感覚だけはしっかりとあった。日曜日を指折り数えて、待っているためだ。毎日過酷な労働にかり出される捕虜たちも、日曜日だけは労働を免除されていた。

一日自由な時間ができるのだが、ラーゲリの外に出られるわけでもなく、ラーゲリの中に娯楽があるわけでもない。松田は体を休められるこの日を待ち望みつつ、少し持て余してもいた。作業を終えた後の時間さえ、長く感じる松田にとって、一日の休みはあまりに長かった。

それでも、疲れた体を横たえ、ぼんやりとしていれば、ゆっくりとではあるが時は過ぎる。そうやっていつものように日曜日をやり過ごそうとしていた松田は、なんとなくバラックがざわざわとしていることに気付いた。

興奮したように何かを話しながら、一人、また一人と、外に駆け出していく。

そばだてた耳が、野球という単語を拾った。

まさかと思う。松田はのろのろと体を起こす。バラックに残っているのは松田と原だけだった。原は瞑想でもしているように、目をつぶってじっとしている。

松田は原に声をかけることもなく、外に出た。にぎやかな声を頼りに歩いていく。

ラーゲリの営庭にたどり着いた松田は、目の前の光景に息をのんだ。そこで行われているのは、野球の試合だった。

投手が投げた球を、打者が鋭く打ち返し、塁《るい》に出ていた走者たちが一斉に走り出す。打球は地面で一度跳ね転がった。転がる球の先にいるのは、守備の山本だ。山本は慌てて摑もうとよろよろと腰を屈《かが》めるが、球は山本をからかうようにして、股の間を通り抜けていった。

試合を見ていた男たちから、どっと笑い声が上がる。皆笑っていた。走っている者たちも、打たれた投手も笑っている。

「……殺されるぞ、あいつら」

苦虫をかみつぶしたような声に横を見ると、山本を睨みつけるようにして相沢が立っていた。

確かにそうだ、と松田は慌てて、監視兵を警戒する。

日曜日といえども、監視の目がないわけではない。こんな派手なことをして、見つかったら一体どうなることか。野球に参加してもいないというのに、松田の胃がしくりと痛む。

しかし、営庭の脇に見つけた監視兵は止めるどころか、一緒になって観戦していた。捕虜の一人が監視兵に煙草を差し出し、火までつけてやる。それが賄賂《わいろ》なのだろう。

野球の試合はかなり綿密に準備されていたようだった。

球を作っていたのは知っていたが、他の道具もこっそり作っていたようだ。ボロ布を縫い合わせて作ったグローブやミットも、作業場の木材をくすねて作ったのであろうバットも、いかにも手作りという出来栄えながら、それらしく見えた。

実際に監視兵が見過ごしてくれているとはいえ、こんなことがラーゲリで許されるとは信じられず、松田は落ち着きなく野球の試合と監視兵を見やる。観戦している者まで罰されることになったらと不安にもなったが、それでもバラックに戻る気にはなれなかった。

野球を見ていたかった。ラーゲリにいることを一瞬でも忘れられるかもしれないこの場所にいたかった。

試合は攻守が入れ替わり、山本に打席が回ってきた。観客から応援とも野次ともとれる陽気な声が上がる。山本はへっぴり腰でバットを構えると、あっけなく空振りした。華奢な山本は、バットの重さに振り回され、ふらふらしている。本気で悔しそうな表情がまたなんとも可笑《おか》しかった。

また、どっと笑い声が起こった。松田は頰が引きつれるような感覚にはっとした。気付けば一緒になって笑っていたのだった。笑うのなんて、どれぐらいぶりだろう。顔の筋肉がうまく動かず、ぎしぎしと軋《きし》むようだった。

隣の相沢の様子をそっとうかがう。相沢は相変わらずの仏頂面《ぶっちょうづら》だったが、その視線はしっかりと試合を追っていた。

山本はかすりもしない、見事な空振りを三回披露した後、自分は選手をやめると宣言し、記録係の横の椅子に座った。

「はい。みなさんおわかりの通り、私、野球は下手くそです。ご迷惑かけないように実況役に徹します」

そうだ、それがいいと捕虜たちは囃《はや》し立てた。情けなそうに山本が笑う。皆、可笑しそうに笑った。

その表情に、松田はふと山本の言葉を思い出した。まだ、山本とも距離を置く前、軽い雑談を交わしていた頃のことだ。山本がふと漏らしたのだった。「僕はね、長屋のご隠居さんが理想の境地なんです」と。その時は、変わったことを言う人だなと、軽く流してしまった。

しかし、あれはきっと山本の心からの思いだったのだろう。山本とその周囲に流れる、気安い空気にそんなことを思った。

「三回裏。打者は新ちゃんこと、新谷くん。北海道根室出身」

実況というより、活弁士といった口調で、山本は紹介を始めた。

「きっと新ちゃんは私と同じように下手……」

山本の言葉を遮るように、新谷は豪快にバットを振った。球は大きく打ちあがり、鉄条網を優に超えた。

どっと大きな歓声が上がる。その歓声の中、新谷は笑顔で手をふり、足を引きずりながらも、悠々とベースを一周した。観客たちはみな手を叩き、口笛を吹いて、大いに盛り上げる。

しかし、一周し、戻ってきた新谷を迎えた山本は、渋い顔をしていた。

「困るよ、新ちゃん」

恨めしそうに言われ、新谷はきょとんと首をかしげる。

「球は一つしか作ってないんだ」

そう言われた新谷はぱっと球が飛んだ先を改めて見る。球は決して越えることを許されない鉄条網の向こうに転がっていた。

「なんだよ。せっかくいいところなのに終わりかよ」

捕虜たちから落胆の声が上がる。新谷もがっくりとうな垂れた。

その時だった。

黒い影のようなものが、ものすごい速さで一直線に球に向かって駆けて行った。

クロだった。クロは鉄条網の棘《とげ》をものともせず潜《くぐ》り抜けると、球をくわえ、またまっすぐに戻ってきた。

球を口にし、妙に誇らしげに尻尾を振っているその姿に、皆がどっと笑った。

山本はクロの口から球を受け取り、笑いながらその頭を撫でてやる。

「お前も野球がやりたかったのか」

捕虜たちもクロを囲んで、撫でながら、口々に褒めたたえる。ほっとしたのだろう、新谷も半分涙ぐみながら笑っている。

その輪に加わる勇気こそなかったが、松田も一緒になって笑った。監視兵まで笑っていた。

相沢だけが、苦々しい顔でその様子をじっと睨みつけていた。

松田はその相沢の背後に、原の姿を認めて、はっとした。珍しい。強制された時以外、原をバラックの外で見かけることはほとんどなかった。

球が戻ったことで、試合は再開され、山本はまた実況席に戻った。

そのなんとも楽しげな様子を、原は表情のない顔でじっと見つめていた。

その視線に気づいたのだろうか、不意に山本が振り返る。原の姿に、山本はにっこりと笑うと、高らかに告げた。

「選手の交代をお知らせします。元慶應の四番、原幸彦《ゆきひこ》！」

どよめきが起こる。

捕虜たちの熱い視線にさらされ、原はしばらく固まっていた。山本がそそのかすようににやりと笑う。原は大きく息をつくと、ゆっくりと前に一歩踏み出した。

松田にとって原は同じバラックで寝起きするだけの相手だ。ずっとかかわりを避けてきた。それでも、長い月日を共に過ごしていると、耳に入ってくることもある。原の事情も、一人で過ごすようになったわけも。

ただの一歩だ。しかし、その一歩を踏み出した原の表情に、松田の胸がじんと震えた。


バットを受け取った原は、打席に立った。

手作りのバットは少しごつごつしていたが、思ったよりも手になじんだ。

原はバットを構え、投手に目をやる。投手をつとめているのは工藤《くどう》という男だ。その表情からは自信がうかがえる。目で勝負を挑《いど》まれ、原は目で受けて立つ。

工藤が大きく振りかぶって、投げた。綺麗な癖のない投法で放たれた直球。原も素直に大きくバットを振ったが、あえなく宙を切った。

固唾《かたず》を飲んで勝負を見守っていた、観客たちがはあっと一斉に息を吐く。

そうそう、こんな感覚だった。

すっかり忘れていたはずの感覚が、たった一度のやりとりで呼び覚まされ、原は思わず少し笑った。

その表情を見た山本が本当に嬉しそうに笑ったことも目に入らなかった。

その目は投手だけを捉え、次の一球に備える。

二球目は曲球。しかし、それを予想していた原は、きっちりとタイミングを合わせる。バットがしっかりと球を捉えた。球は大きく弧《こ》を描いて飛んでいく。球はまた鉄条網を越えていってしまった。しかし、もう誰も慌てない。皆、期待に満ちた目でクロを見る。クロはもう走り出していた。あっという間に鉄条網の向こうにたどり着き、球をしっかりとくわえる。

「すさまじい打球です。さすが元六大学。しかし、ファウル。おしくもファウル」

山本が熱っぽく実況する。

ファウルの判定だったが、悔しさよりも、もう一回、打席に立てるという喜びの方が大きかった。バットを軽く振りながら、原は笑っていた。血が沸《わ》きたっている。現役時代よりも、打てそうだと思えるぐらい、力が湧いた。

球をくわえたクロが戻ってきた。球が投手の手に渡る。

原はバットを構えて、すうっと息を吸った。投手も真剣な表情で原を見つめる。急ごしらえの草野球とは思えないほどの緊張感が漂った。

「さあ、一打逆転なるか」

どうやら、原は試合の大事な場面でこの打席に立たされたようだ。まったく、無茶苦茶だと思いながら、バットを持つ手に力が入った。期待に応えたいなんて、久しぶりに思った。

「絶対打たせねえ」

投手が不敵に笑う。

「投手は中等学校の頃、甲子園にも出場した工藤くん」

実力者同士の対決に、観客たちは息をのむ。

工藤が渾身の一球を投げ込むべく、大きく振りかぶる。

その時だった。

「何をしてる！」というロシア語に、その場はたちまちしんと静まり返った。皆ロシア語が分かるわけではない。しかし、ぴしゃりと鞭《むち》打つような鋭い声が意味するものは嫌になるほどよく理解していた。

声の主は、車から降りてきたロシア人将校・ペリコフだった。政治部所属の軍人で、所長よりも強い権力を持ち、階級も所長より高かった。つまり、このラーゲリでは彼の言うことが絶対だということだ。

ペリコフは監視兵に鋭い一瞥《いちべつ》を投げた。その手にはよく使い込まれた鞭が握られていた。監視兵は慌てて煙草を投げ捨てると、ぴしっと足を揃えて直立した。

「すぐに解散しろ！」

ペリコフは短く命令した。原はのろのろとバットを下ろす。仕方がない。ラーゲリで野球なんて、できるわけがなかったのだ。原はこっそりと苦く笑った。

「続けさせてください！」

聞こえてきたロシア語に、原は凍り付いた。大きな声を上げたのは山本だった。命知らずとしか思えない山本の行為に、皆、目を見開いている。

「今、いいところなんです。この回だけ。この打席だけ。お願いします」

山本はペリコフの目の前で熱を込めて訴えると、深々と頭を下げた。ペリコフは「解散だ」とにべもない。

そのまま立ち去ろうとするペリコフの前に、山本は回り込んだ。

邪魔をされ、ペリコフが激しい苛立ちを見せる。原は背筋が凍る思いだった。山本はあきらかにやりすぎている。

「あと一打席でいいんです」

「そこをどけ」

「お願いします」

山本は必死に食い下がる。ペリコフの目をじっと見つめ、一歩も動かない。ペリコフは「日本人ごときが」と唸るように言うと、容赦なく山本の肩に鞭を振り下ろした。

ビュンという風を切る鋭い音と共に、山本の体は地面に崩れ落ちた。

ほとんど肉のない肩に食い込んだ鞭の痛みはどれほどのものだろう。

山本は肩を抑え、痛みに顔をしかめる。しかし、また、ゆっくりと体を起こし、立ち上がった。

　体はふらふらとしていたが、その目だけは、変わらぬ光をたたえ、まっすぐペリコフを捉えていた。

「……希望が必要なんです。生きるためには希望が必要なんだ。それがどんな小さなことでもです」

　ペリコフは返事の代わりに、また鞭を振るった。山本の体はまたあっけなく倒される。

　がっしりとしたペリコフの前で、山本のやせ細った体は、吹けば飛ぶようにはかなく見える。しかし、山本は歯を食いしばって立ち上がると、臆することなくペリコフの前に立ちふさがった。

「今の私たちにとってはそれがこの野球なんです。これで笑顔を取り戻した者もいるんです！」

　山本が言っているのは、自分のことだと原はすぐにわかった。

　山本は自分に希望を与えてくれたのだ。思い出させてくれた。勝負に熱くなる気持ちも、原幸彦という一人の人間であることも。

　野球は多くの捕虜たちにとっても確かに希望なのだと原は思う。唯一の球が失われたと思った瞬間、いい年をした大人たちが、本気で絶望したほどに。

山本は何度も鞭打たれ、何度も倒れ、その度にまた立ち上がった。

ペリコフは苛立ちを募らせ、ますます力を込めて鞭を振り下ろす。

しかし、山本は訴え続けた。

「続けさせてくれ、野球を」

鞭の当たった頬は切れ、服もずたずたに破れている。ボロ雑巾のような山本の姿を前に、原はただ立ち尽くしていた。

もういい、もう十分だ、山本くん。

原は心の中で声を上げる。希望は大事だ。でも、死んではダメだ……。山本くんは死んだらダメな人だ。

もう原は認めざるを得なかった。山本は自分が手ひどく裏切った相手で、顔を合わせるのも苦しい相手で、でもずっと、心の中では変わらず大切な友人だった。

そんな友人が痛めつけられているというのに、原は一歩も動けないでいた。

鞭の音に体がすくむ。

そんな自分が情けなかった。

「連れていけ、営倉送りだ！」

息を切らしながら鞭を振るっていたペリコフは、その手を止め、苛立たし気に怒鳴った。監視兵たちが慌てて、山本を拘束する。

ぐったりとした山本が引きずられるように連れていかれるのを、原はじっと見送る。手にしていたバットを、痛いほどの力で握り締めた。

11

山本は放り込まれるようにして、営倉に入れられた。このラーゲリの営倉は二畳ほどの小さな部屋で、頑丈なつくりをしていた。窓などは一切ない。扉が閉められると、昼でもそこは真っ暗になった。扉の隙間から漏れてくるわずかな光だけが唯一の明かりだった。

以前に入れられた「棺桶」に比べれば、横になることができて、南京虫がいないだけ、随分ましだと、自分を慰める。

しかし、そう言い聞かせていられるのも数日のうちだった。

何日も何日も、真っ暗な中、誰とも顔を合わせず、口も利かずに過ごしていると、自分の存在がどんどんと希薄になっていく。

暗闇の中、自分の生を感じるのは、皮肉にも、鞭によってできた裂傷《れっしょう》のじくじくとした痛みだった。

山本は一日のほとんどを横になって過ごした。鞭打たれた体は熱を持ち、座るのもしんどかった。そうやって横になっているうちに、少しずつ傷は癒えていったが、今度はひどい眩暈《めまい》で起き上がれなくなった。空腹のせいだった。監視兵が毎朝無言で差し入れる黒パンは、ごくごくわずかで、どんなにゆっくりと口にしても、あっという間に食べ終えてしまった。

そのうち、眩暈だけでなく、ひどい寒気も感じるようになってきた。日の入らない営倉はまだ夏だというのに、寒かった。十分な食事をとっていない体は、うまく体温を保つこともできず、ただ丸くなって震えることしかできなかった。

空腹と寒さと孤独に耐えながら、山本は営倉を出てからのことを考えることで、なんとか正気を保っていた。

人数も段々と集まってきたことだし、そろそろ句会の形をしっかりと整えるのはどうだろう。山本は自分の気持ちを引き立てるように、楽しいことを考える。

まず、短冊を配り、それぞれの句を書いてもらう。そのままだと筆跡でどれが誰の作品か一目でわかってしまうから、別の紙に書き写し、それを皆で回していいと思った句を選ぶのだ。作者の顔が見えない状態で、まず作品に触れ、それを評価し合うことは、参加者たちにとって刺激になるはずだ。より自由に取り組めるようにもなるかもしれない。

短冊は作業場でセメント袋をなんとか入手し、それを切って作ればいい。筆も工夫次第では作れそうだ。ロープをほぐして穂首にするのはどうだろう。墨汁も煤煙《ばいえん》を水に溶かせば、それらしくなるのではないか。

アイデアはいくらでも浮かんだ。すぐに実行できないのがもどかしかった。

そうやって、ああでもないこうでもないと考えて、延々と時間を潰しても、時間はまだまだあった。ふと、このまま自分の存在が世界から忘れられてしまうのではないかと、不安になってしまうほどに。

ペリコフの怒りは想像以上に激しかったようだ。山本の営倉入りは長く続いた。何度も折れそうになった山本の心を支え続けてくれたのは、クロの存在だった。

クロはまるで山本に寄り添うように営倉の側《そば》で過ごすようになっていた。姿は見えないけれど、ここにいると告げるような鳴き声が聞こえる度に、心底ほっとした。

そうして、ようやく営倉の扉が大きく開き、山本は出ることを許された。

営倉入りからもう一か月が経とうとしている。

季節は夏から秋へと移っていた。

営倉を出された山本はふらふらとバラックの方へと歩き出した。ずっと暗闇の中にいた山本にとって、昼の光はひどくまぶしい。

ゆっくりと目が慣れてきた。

目に入る、何もかもが新鮮だった。殺風景なラーゲリの風景。でも、今はそんな光景さえ、この目で見られることが嬉しかった。

痩せた体でゆっくりゆっくりと歩き続ける山本の傍らには、クロが影のように付き添っていた。

バラックにたどり着いた。大きく開け放たれた入口から中を覗き込む。

中には、多くの捕虜たちがいた。どうやら、日曜日だったようだ。

捕虜たちがそれぞれに何をしているのかに気付き、山本は満面の笑みを浮かべた。そこには営倉の中で山本がいつか実現させたいと思い描いていた光景があった。

手作りの将棋盤で、将棋を指す者たちがいた。その周囲を数人が囲み、無責任にあれこれ口を出している。一人でオカリナを吹いている者までいる。

誰もがくつろいだ笑みを浮かべていた。

山本はバラックの奥に新谷の背中を見つける。そっと近づくと、新谷と他の捕虜たちが車座になって、句会を開いているのがわかった。

「食べたいな、おなかいっぱい白い米」

一人の青年が元気いっぱいに自分の句を読み上げる。神妙な顔で聞いていた新谷は、

「はい！　いいですね。でも季語がありません」と明らかに山本を真似た口調で言った。

山本は思わず笑みを深める。新谷は立派に句会を引っ張ってくれていたのだ。熱心な活動の結果だろう、参加者は以前よりもずっと多くなっていた。

「私も食べたいです。お腹いっぱい、白い米」

山本は微笑みながら素直な感想を口にした。背後からの声に、振り返った新谷は、目を見開き、満面の笑みを浮かべる。

「山本さん、お帰りなさい！　待ってました！」

新谷は山本に駆け寄り、両肩をがっしりと摑んだ。ますます薄くなった山本の肩を、労《いたわ》るようにそっと摩《さす》る。新谷の目はうるうると潤《うる》んでいた。

「そんな、新ちゃん、大げさな……」

山本は熱烈な歓迎に、照れ笑いを浮かべる。

その時、拍手が沸き起こった。

見れば、バラック中の捕虜たちが、山本の方を向いて、熱心に拍手をしていた。その中には、あの日、一緒に野球をした者たちもいる。

「やめてください。やめてください」

まるで、皆のために命をかけた英雄のような扱いを受けて、山本は落ち着きなく、頭

をかいた。

松田は拍手に加わることなく、バラックの隅からじっと見つめていた。少し離れたところに座る相沢もまた拍手することなく、山本から目をそらして、不機嫌そうにしている。

松田の目に、山本は本気で困惑しているように見えた。

こんな風に感謝され、賞賛される覚えがないというように。

原の笑顔を取り戻したいという気持ちはきっとあったのだろう。他の者たちの希望にもなればいいという思いもあったかもしれない。

それでも、きっと山本の言動の根っこにあるのは、人生を楽しみたいという純粋な情熱だ。

山本自身が誰よりも本気で楽しんでいるから、皆が思わずその熱に巻き込まれるのだ。

どんな理不尽な状況にあっても、喜びや楽しみを見出せる山本の凄みを松田は感じざるを得なかった。

山本は、危険だ。一等兵でなくなっても、ここは相変わらず戦場なのだ。楽しんでいたら、きっと足をすくわれる。

松田はつい山本を追いそうになる目を、じっと伏せる。

自分でそうすると決めたことなのに、なぜだかひどく惨めだった。

新谷は見せたいものがあると、山本をラーゲリの裏庭へと連れ出した。

バラックの外で大人しく待っていたクロが、ぶんぶんと尻尾を振りながらついてくる。

裏庭には多くの捕虜たちがいた。綿外套で作った球でキャッチボールをしている男たちもいれば、碁盤《ごばん》を囲み、碁を打っている男たちもいる。バラックの中にいた男たちと同じく、皆、なんとも楽しそうに、それぞれの時間を過ごしていた。

「原さんですよ」

新谷が自分のことのように得意げに告げる。山本は信じられない気持ちで、笑い声をあげる男たちを見つめる。原が仕事のできる人だったことは知っている。それでも、たった一か月で、まったく聞く耳を持たなかったペリコフに認めさせるとは。一体、どんな魔法を使ったというのだろう。

「労働効率が上がると言って、待遇改善を要求しました。せめて日常のささやかな楽しみを許可してください、と」

静かな声に、山本は振り返る。原が立っていた。最後に見た時よりもぐっと柔らかな表情をしている。

ラーゲリの運営は独立採算制だ。ラーゲリは捕虜たちを企業体に派遣し、報酬を得る。その報酬ですべてを賄《まかな》っていた。つまり、ソ連側の職員たちの給料も、捕虜たちの労働効率に左右されるということだ。

そうした理屈を、原はいかにも頭の固そうなペリコフに認めさせたのだ。原はなんでもないように言うが、繊細なやりとりやタフな交渉が必要だったことは想像に難くない。

根回しや駆け引きが苦手な山本には真似できないようなやり方だった。

「営倉行き覚悟でしたが、結果、ノルマ以上を達成しました。ソ連側も大喜びです」

原は手にしていた食べかけの黒パンをむしゃむしゃと食べた。以前とはまるで違う、生き延びてやるという強い意志さえ感じるような、豪快な食べっぷりだった。

「みんなの笑顔も増えました。あなたのおかげです」

原はそう言って微笑む。山本はいやいやと手を振った。要求を通したのは原だ。自分はペリコフを結局怒らせただけだった。

しかし、原は山本のおかげだと譲らなかった。生きるために希望が必要だという山本の言葉が、ペリコフの意識のどこかに残っていたからこそ、聞く耳を持ってくれたのだと。

自分の言葉がペリコフに届いていたとは到底思えなかったが、原がそう言ってくれるのは嬉しかった。

山本は空白を埋めるように、原や新谷と話し続けた。原との間の空気は、すっかりかつての気安いものに戻っていた。

朝鮮戦争以降、ダモイの気配は微塵もない。しかし、この待遇改善は大きな一歩だ。こうした積み重ねが、いつかきっとダモイに繋がる。

捕虜たちの明るい表情に、山本は確かな希望を感じていた。

それから二年が経った一九五二年の夏。終戦から七年もの歳月が経ったというのに、まだダモイが叶う気配はなかった。

ちょっとした娯楽が認められるようになっただけではなく、厳しいノルマ以上の作業をすることで、ささやかだが報酬を手に入れる者も現れ、そうした者は売店で黒パンや飴などちょっとした買い物もできるようになった。とはいえ、ノルマはそうやすやすとクリアできるものではなく、未だに誰もが腹を空かせていた。

七年経過したことで、皆それだけ年も取っている。極寒の中での過酷な労働を強いられ続けた体は限界に近く、ほんの些細なことで呆気なく命を落とす者も少なくなかった。

山本たちの句会のメンバーの一人も、脳梗塞で息を引き取った。用を足すため、極寒の中、外に出たのが原因だった。バラックの中とのあまりに激しい気温差が引き金となったのだ。

山本たちは句会を開き、故人を偲《しの》ぶ句を詠んだ。そうした、追悼句会がここしばらく続いていた。

どうしても、気持ちは沈みがちになるが、それでも、山本はダモイを信じていた。

バラックの裏手で、山本はクロを撫でながら、新谷に熱っぽく語り掛ける。

「新ちゃん、日本に帰ったら、僕たちのシベリア句集を作ろう」

夢のような話だが、言葉にすると、きっと叶うとそう思えた。新谷も笑顔で大きく頷く。

その時、原が足をもつれさせるようにして駆けてくるのが見えた。

「なんですか。ずいぶん慌てて」

山本が尋ねると、原は「許可が……許可が」とうわごとのように繰り返し、バラックに向かって駆けて行く。ただならぬ様子に、山本と新谷も慌てて後を追った。

原はバラックの中に転がり込むと、息も整わないうちに、大声で告げた。

「に、日本への、ハガキによる通信が許可されました！」

捕虜たちから雄たけびのような歓声が上がる。抱き合って喜んでいる者もいる。

山本は興奮に顔を紅潮させながら、満面の笑みを浮かべた。

これまで日本への通信は許されず、日本からの便りも届かなかった。捕虜とその家族たちは、お互いの生死もわからないまま、七年という歳月を過ごしてきたのだ。日本との通信の許可は、捕虜たちが何より望んでいたことだった。あまりに遅すぎたが、それでも、朗報には違いなかった。

突然の決定だったが、先月の出来事が契機になったのではないかとなんとなく想像はついた。

先月の日曜日、山本たちは突然、作業に出されたのだった。日曜日は本来休みのはずだ。抗議する者もいたが聞き入れられず、強引に作業場へと追い立てられた。

その日は監視兵たちも妙にぴりぴりと神経を尖らせていた。

これは何かあるに違いないと、山本は作業から戻るなり、病人と共にラーゲリに残っていた看護係の日本人捕虜に探りを入れた。

そして、捕虜たちが作業に出されている間、高良《こうら》とみという日本の参議院議員がこのラーゲリ内の病院を訪れていたことがわかったのだった。

モスクワで開催された世界経済会議に参加していた高良が、滞在中に、日本人抑留者に会いたいとソ連側に働きかけ、実現した面会だった。

高良とみを迎えるにあたり、ラーゲリの所長らは病院のカーテンや敷布を新しいものに取り換え、花まで飾りつけた。さらには重症患者を市内の病院にあらかじめ移し、軽症の患者だけを残して、高良とみと面会させた。

高良とみは他の収容者はどうしたのかと尋ねたが、所長は平然と「日曜日なので、皆魚釣りか水遊びに出かけてしまい、残念ながら会えないのです」と答えたという。

それらは明らかに、ラーゲリの実態を誤魔化すための工作だった。

新しいカーテンや花は、高良が帰った途端、あっという間に持ちさられてしまったという。

ラーゲリの実態を日本に伝えるまたとない機会を逃したことに、山本は落胆した。

しかし、日本の政治家が抑留者に関心を持って、面会を希望したことは、悪くないサインのように思えた。ソ連の側も、工作を施したとはいえ、国交のない国の政治家の訪問を許可したのだ。本当に異例のことだ。少しずつ日本も動いてくれていると思うと、ダモイへの期待も膨らんだ。

そして、その一か月後にもたらされたのが、通信を許可するという知らせだ。

帰国へ向けて、ようやく事態が大きく動きつつあることを山本は改めて確信した。

通信の許可が下りたその日に、山本たちは食堂に集められた。

一人一枚ずつ往復ハガキが配られ、日本からの返信もこのハガキ以外は認められないと説明を受けた。

その他にも、日付けは入れぬこと、現在の生活状況は一切書かぬことなど、こまごまとした注意があった。

手紙は今この場で書くよう、指示された。

食堂にはそのためのペンやインクも用意されている。

もう七年も会えずにいる家族への手紙だ。そんなにすぐにすらすらと書けるものでもない。できればバラックに持ち帰って一晩かけてじっくりと書き上げたいと誰もが思ったが、許されなかった。

捕虜たちは食堂のテーブルにつき、ペンをとる。皆、真剣な顔で小さなハガキに少しでも思いを詰め込もうと、小さな字でぎちぎちに書きこんでいく。食堂にはカリカリとペンを動かす音だけが響いていた。

(お母様、ご無事でせうか。私はこのシベリアの空の下で、それだけを願つてをりました)

松田は母に宛てて、手紙を書いた。お母様と呼びかける度に、脳裏には出征する松田を見送る母の、今にも崩れそうな笑顔が鮮やかによみがえる。ただその無事を願って、祈るように文字を綴《つづ》った。

(私は生きる。そう決めました。もう一度生きることを始めようと思ひます。きみたちに会へる日を願つてゐます)

原は妻と子供に宛てて、手紙を書いた。もう迷いはない。原は家族への誓いを静かな気持ちで綴った。

（僕はこの手紙を自分で書いてゐます。驚いたでせう。今では、どんな文字だつて書くことができるんです！）

新谷は家族に宛てて、手紙を書いた。誤字脱字が多く、ところどころ鏡文字になっている。しかし、新谷にとって、手紙を自分の手で書き上げたという事実が何よりも大事なことだった。新谷は手紙を見た家族が驚く顔を想像し、満足げに笑った。

（幸子《さちこ》、お前は無事か。どうしてゐる。子供は大きくなつたか。飯はちゃんと食へてゐるか）

相沢は妻に宛てて、手紙を書いた。日本で最後に会った時、妻のお腹はもう大きかった。生まれたばかりの子を抱え、他に身寄りもなく、戦後の日本で暮らす苦労はいかばかりだろうか。結婚してからというもの、家のことは妻に任せきりだった。妻に委《ゆだ》ねていれば、いつだって安心だった。しっかり者の幸子のことだ、きっと何とかしてくれている。

相沢はそう心の中で繰り返す。忍び寄る不安を蹴散らすように、無理やりに強く、強く思う。力を込めて、一文字一文字刻み込むようにペンを動かす相沢の表情は、鬼気迫るものがあった。

山本はそんな相沢の表情が気になりつつも、改めて、自分のハガキを手に取った。ハガキの表側に押された「俘虜《ふりょ》郵便」という赤いスタンプが、はっとするほど鮮やかだった。

山本はすうっと深く息を吸って、ペンを取った。

（先《ま》づ、私が元気に暮らして居ることをお知らせします。御安心下さい。唯《ただ》心配でならないのは、留守の家族や親類の人々の安否、殊に顕一はじめ子供達がどうして暮してゐるか、一人前の教育を受けてゐるか気にかかつてなりません）

山本は記憶の中の子供たちを思い浮かべる。十歳だった顕一はもう十七歳。背もぐんと伸び、男らしい姿になっているのだろう。子供にとっての七年はあまりに長い。成長した姿をうまく想像することもできなかった。

（母上や貴女の御苦労は重々察します。私は約束を忘れてゐません）

空襲の最中に、モジミと交わした約束。自分が口にした「日本で落ち合おう」という言葉は、山本の支えだった。家族との約束を守る。それは山本にとって絶対のことだった。山本はモジミとの約束を大事にしていた。大きなものでも、ほんのささいなことでも、自分で口にしたことは守った。モジミも同じだった。突然、満州での仕事を決めてしまったり、苦労させてしまったことも多いけれど、そうやって、夫婦として互いへの信頼を築いてきたのだ。

（あの日の約束を必ず守ります）

山本は少し咳込んだ。ここしばらく喉の違和感が続いていた。山本はそっと喉をさすり、再び書き始めた。

（逢ひたい。君たちに今すぐにでも逢ひたい。どうか明るい希望と確信を以て生き抜いて下さい。皆様によろしく）

不意に息苦しさを感じ、山本はまた口元を抑えて咳込む。

そんな様子に誰よりも早く目を止めたのは松田だった。しかし、松田はそんな自分に気づくと慌てたように山本から目を逸らし、自分の手紙に視線を戻した。

夏はあっという間に過ぎ去り、気づけばラーゲリは雪で覆われていた。

長い長い冬が始まっていた。

手紙を出してからというもの、誰もが首を長くして返事を待ちわびた。しかし、まだ誰一人として日本からの手紙を受け取った者はいなかった。自分たちの手紙は握りつぶされたのではないか。そんな不安を口にする者さえいた。

一度は朗報に沸いたラーゲリの空気が、少しずつ暗く淀み始めていた。そんなある朝のことだった。白い息を吐きながら薪割の作業をしていた松田は、雪に足を取られながら、ものすごい勢いで原が走ってくるのに気付いた。原はその右手を高々と掲げている。その手にあるのがハガキの束だと認識した瞬間、心臓が大きく跳ねる。松田は斧を放り出し、原の後を追っていた。

「来ました！　遂に来ましたよ！」

バラックの入口で、原は弾む声で告げる。蚕棚でぼんやりと過ごしていた男たちは跳ね起きて、歓声を上げた。

原はバラックの真ん中に立ち、ひとりひとり名前を読み上げ、ハガキを配っていく。今回、手紙が届いたのは、バラックにいる捕虜たちのごく一部だった。手紙を受け取った者たちは、届かなかった者たちからの羨望の眼差しを浴びながら、夢中になって何度も何度も読み返した。

中には、文章を読むことなく、ただハガキを見つめているだけの者もいた。

「どうした？　読まないのか」

隣の男が尋ねると、ハガキを手にしたその男は情けなそうな顔で告げた。

「読めない……手紙の字が」

男の手は字が読めないほど激しくぶるぶると震えていた。

その横で新谷はにこにこと笑っている。新谷も返事を受け取った一人だった。新谷を気遣ってか、平易な言葉で書かれた返事は、もう一人で問題なく読むことができる。一文字ずつ大事に指でなぞりながら、読み上げた。

原のもとにも家族からのハガキが届いていた。目が潤み、文字が涙で滲む。原はこっそりと何度も涙をぬぐった。

「なんで俺には届かねえんだ……」

バラックの隅で、片膝を抱えた相沢が、暗い目で呟く。

山本はそんな相沢をちらりと見やる。山本の手にも手紙は届いていなかったが、その表情は決して暗いものではなかった。これでソ連が日本に手紙を送っていたことは確かなのだから、すぐに自分たちにも返事が届くはずだと、明るい声で興奮気味に繰り返した。

その言葉に希望を持つ者もいたが、相沢などは聞くのも嫌そうにあからさまに背を向けた。

「ありがとう、山本くん。おかげでこの手紙を読むことができました」

原は涙をいっぱいにためながら、山本に感謝した。

生きることをやめないでください。その山本の言葉があったからこそ、今がある。そんな、原の心の奥底からのまっすぐな言葉に、山本は照れたように笑った。

バラックの中は騒がしかった。皆、興奮気味に声を上げている。

そんな中、松田は一人音のない場所にいた。

ハガキを受け取って、目を落とした途端、世界から音が消えたのだ。

松田は蒼白な顔でハガキを見つめていた。

「松田さん、どうしました」

山本にぽんと肩を叩かれ、松田ははっとした。しかし、その顔は色を失ったままだ。

「……自分に、構わないでください。俺はあんたとは違うんだ」

松田は震える声でそう告げると、山本に背を向け、バラックを出た。

松田は雪の中を歩き続ける。そして、何もない、ひと気もない場所で足を止めた。

雪は容赦なく、松田に降りかかる。松田は振り払うこともしなかった。

松田は再びハガキに目を落とす。

そこには、「母死去」と書かれていた。

松田は最後に見た母の姿を思い出す。何度も何度も記憶が擦り切れるのではないかと思うほどに思い返した母の姿。あれが、最後に見た母の姿になってしまった。

ハガキは親戚から届いたものだった。

母が亡くなったのは、一九四九年、今から三年前のことだと手紙は伝えていた。母がもうこの世にいないことを三年も知らずにいたのかと思うと、たまらなかった。

手紙には、母が最期まで松田の帰りを待ち続け、心配していたとも書かれていた。

もし、と松田は思わずにはいられなかった。もし、一九四七年、列車から降ろされることなく、日本に帰ることができていたら、と。あの時であれば、母の最期を看取ってやることもできたのだ。

あの時、自分は戦うべきだったのだろうか。卑怯者の罪などと、聞き分けのいいようなことを言って、罪を認めなければ、何かが変わっていたのだろうか。

あの時、自分が何を言おうと、運命は決められてしまったのだと、自分はただ諦めた。抵抗すれば、もっとひどいことになるかもしれないと怖かった。

結局、どこまでいっても自分は卑怯者なのだ。

母親を最後に安心させてあげることも、その願いを叶えてあげることもできない卑怯者……。

自分はどうすればよかったのだろう。今更思ってもしょうがないことをぼんやりと思う。

わからない。ちっともわからなかった。

ただ一つはっきりとわかるのは、もう二度と母に会えないということだけだ。

母に会いたいと突き上げるように思った。

どっと涙が溢れる。涙は頬を伝い、綿外套の襟を重く濡らした。涙の跡が凍り付いてぴりぴりと痛む。

松田は肩を震わせて嗚咽《おえつ》する。涙が止まらなかった。

雪が少しずつ激しさを増していく。

降りしきる雪の中、一人泣き続ける松田を、山本は遠くからそっと見守っていた。

日本からの返事は、その後もぽつりぽつりと届いた。

しかし、山本への返事はまだ届いていなかった。

山本は手紙が届くことを強く信じていた。もういつ届くかというだけだと、楽観的に語っていた。ダモイの日を信じるように信じていたのだ。

しかし、信じているからといって、不安や焦りを感じないと言うわけでもない。手紙が届くたび、自分の名前が呼ばれないことに、山本はがっくりとうな垂れていた。

句会で、山本は子供たちのことを想って句を詠んだ。

「小《ち》さきをば子供と思ふ軒氷柱《のきつらら》」

シベリアの氷柱は日本のものと比べ物にならないほど、鋭く大きい。しかし、山本は大きな氷柱の中に小さなものを見つけ、そのいとけなさに子供たちの面影を見たのだった。顕一、厚生、誠之、はるかと、大きい順に残してきた子供たちの名前をつけて呼んだ。

「僕には四人の子がいてね、応召したとき、末の娘はまだ一歳だったよ」

句を披露しながら、山本は珍しく感傷的に語った。

山本は毎日何度も何度も、小さな四つの氷柱の様子を確かめては、子供のことを思った。

一目会いたかった。その成長をこの目で確かめたかった。

ひとまずは、無事だという、その一言だけでもいい。

モジミからの返事を山本はじりじりと待ち続けた。

返事が届かないままに、山本は配られた往復ハガキを使って、もう五回もモジミに手紙を送っていた。最後に送ったハガキの文面は（これで第五回目の通信である。まだ一回も返事を貰へないので、そちらの様子が少しも判らないが、お母さんをはじめ、皆元気に暮してゐるものと想像する）と冒頭から便りの届かない焦燥が自ずとにじんだ。しかし、手紙の最後は、（再会の日も遠くあるまい）と希望の言葉で締めくくった。自分の身体のことも（相変わらず壮健に暮してゐる）とだけつづり、喉の違和感には一切触れなかった。夏ごろから始まった山本の咳は、今もなお続いていた。

真っ先に返事を受け取った原と新谷は、山本のもとにも手紙が届くことを心から願っていた。だから、その日、ソ連側の職員から手紙の束を受け取り、その一番上のハガキの表に、山本幡男の文字を認めた瞬間、新谷はその一枚を摑んで、走り出していたのだった。

原も残りの束をもって急いで後を追う。

二人とも少しでも早く山本のもとに届けてやりたい一心だった。

「来ました！　山本さん、遂に来ました」

　ぜいぜいと息を切らしながら、バラックに駆け込み、新谷が告げる。蚕棚に座っていた山本は弾かれるように立ち上がった。

　新谷の手からつかみ取るようにしてハガキを受けとる。その手は細かく震えていた。その間に少し遅れて入ってきた原が、手紙の束を配っていく。その中には、相沢究のハガキもあった。相沢は手紙を乱暴にひったくると、他の捕虜たちを跳ね飛ばす勢いで、バラックの隅へと向かい、隠すようにして手紙を読み始めた。

　山本はまだ手紙を読むこともできず、真っ赤になった目で表書きに書かれた、山本幡男という文字を眺めていた。丁寧だが少し癖のある字体。よく知るモジミの字だった。手はまだ震えている。山本は強く咳込んで、体をくの字にした。

　原はすぐに山本の背に労わるように手を当てた。触れる山本の背中に感じる尖った骨に、原は密かに眉をひそめる。山本はまた一段と痩せた。咳のことは一応、ラーゲリの中にいる医師にも相談している。しかし、ロシア人の医師はろくに診察もせず、面倒くさそうにただの風邪だと告げるばかりだった。

「早く読みなさい。風邪なんかこれですぐ治りますよ」

　原はなんとか笑顔を作ると、明るい声で山本を促した。

　山本は原に向かって頷くと、そっとハガキを裏返した。

（あなたが生きてゐると信じてゐました。私も、子供たちも、全員、日本で生きてゐます）

山本は大きく息を吐いた。

安堵に、全身の力が抜けるようだった。家族は無事だと信じていた。それでも、ずっとどこかに不安はあった。山本ははやる気持ちを抑え、味わうように一文字ずつ、ゆっくりと続く言葉を目で辿った。

（みんな、あなたの帰りを待つてゐます。

私たちは隠岐島から松江市に移りました。顕一はあなたのやうに勉学に励み、松江高校に合格しました。

お母様ともやうやく一緒に住めるやうになりました。

すぐにまた会へる。日本で落ち合はう。私はあの約束を一度も疑つたことはありませんでした。「ほら、やつぱり生きてゐたでしよ」。子供たちの前で得意げに言ひました。その時、子供たちは、お母さんのあんな嬉しさうな笑顔は、久しぶりに見たと言つてゐました）

読みながら、モジミの懐かしい声がそっくり耳元で蘇ってくるようだった。

ぱっと大輪の花が咲くような、明るい笑顔まで、いつもより鮮明に思い浮かんだ。

きっとあの笑顔で子供たちを守ってくれているのだろう。苦手な家事にも全力で取り組んでくれているのだろう。そういえば、七輪で魚を焼けばなぜかいつでも黒焦げになっていたなあと、懐かしく思い出す。魚を焼くのは、いつしか山本の役目になっていたのだった。

山本がいない今、モジミは必死になって七輪と格闘しているのだろうか。モジミの作ってくれる夕食が食べたかった。焦げた魚の、あの苦みが今となっては懐かしい。

（あなた、早く帰つて来て。もつと伝へたいことがあるんです。あれからの子供たちのこと。あれからの生活。あなたに逢ひたい。それだけで私はもう何もいりません）

七年という歳月に比べ、互いに許されたハガキのスペースはあまりに小さい。書ききれるはずがなかった。ソ連の検閲もある、相手にいらぬ心配をかけたくないという思いもある。書けないこと、書きたくないこともあるだろう。

山本は手紙には書かれていないモジミの苦労を思った。

女一人で子供を育て、山本の母まで引き取り、息子を高校に進学させてくれたのだ。並大抵の苦労ではないだろう。

山本は涙の滲む目で、その行間に滲むものに目を凝らすように、丁寧に読み返した。ありがたいと思った。元気で、生きていてくれたことも、子供の教育だけはと願う山本の願いを健気《けなげ》に守ってくれたことも、何もかもが。

山本に見せられ、一緒になって手紙を読んでいた原が、山本の肩に手を置いて、不意ににやっと笑った。興味津々で手紙を覗き込んでいた新谷に、わざと声を潜めて、「山本くんは、奥さんに一目ぼれだったらしいですよ」と告げる。

「……やめてくださいよ」

山本は顔を赤くして言った。しかし、新谷は「聞きたいです」とキラキラした目で身を乗り出す。

「やっと海岸に連れ出したのに、結婚してくれとなかなか言い出せなかった」

「原さん」

山本は咎めるように名前を呼ぶ。しかし、原は澄ました顔で続けた。

「結局、言い出したのは、じれた奥さんの方だったそうです」

「それは違います」

山本は思わず立ち上がった。

「照れるな、山本くん」

「いや、私はそんな男じゃありません！　本当は……」

勢いよく言いかけて、山本は言葉を切った。

クロが激しく吠えたてていた。胸騒ぎがするような、初めて聞くような鳴き声だった。

山本は慌ててバラックを飛び出す。新谷も必死にその後を追った。

歯をむき出しにした犬が、激しく吠えている。

しかし、相沢の耳にはほとんど届いていなかった。進路を遮るように、足元にまとわりつく姿も目に入っていない。相沢は熱病におかされたような、ぎらぎらとした目で、まっすぐ前だけを見つめていた。鉄条網のその先を。

幸子。

相沢は心の中で妻の名を呼ぶ。実際、口にして呼んだことが何度あっただろう。お前と呼ぶことがほとんどだった。おい、で済ますことさえあった。

それでも、彼女は嫌な顔一つせず、控えめな笑顔を浮かべて、返事をするのだった。

その声が好きだった。

そんなこと一度も伝えたことはない。多分、相沢がそんな風に思っているなど、知りもしないだろう。

幸子とは見合いで結婚した。芯がしっかりしていると相沢の父が気に入って、話を進めた。やはり帝国軍人である父の言うことは絶対だったし、相沢にも特に不満はなかった。

相沢は命令以外にあまり言葉を持たなかった。幸子もあまり口数の多い方ではなかった。自然、二人は無口な夫婦になった。それでも、居心地はそう悪いものではなかった。少なくとも相沢はそう思っていた。

実際、結婚生活を送ってみると、幸子はよくできた妻だった。家事は完璧で、相沢の希望を先回りして叶えてくれる。家のこまごましたことなどは幸子に任せきりだった。

満州に行くと決まった時、幸子の妊娠がわかった。初めての子供だ。しかし、相沢は特に態度を変えることなく、すべてを幸子に任せていた。それがもう当たり前になっていたのだ。お互いの両親はもうすでに亡く、頼る先もないというのに、幸子は一切の泣き言を口にしなかった。

最後に、日本で面会した時、幸子のお腹は膨らんでいた。

いつものように、まるで業務連絡のように言葉をぽつりぽつりと交わした後、幸子は言ったのだった。子供の名前を付けてくれないかと。

あの時、相沢は何も考えず、「お前に任せる」とだけ答えた。

あの瞬間、幸子がどんな顔をしていたか覚えていない。どうせろくに見ていなかったのだろう。

それから、満州に渡り、相沢はソ連の捕虜となった。

蚕棚に身を横たえながら、最後に会った時のことを、幾度となく思い返した。そして、何年か経った頃、ようやく気付いたのだった。自分の告げた言葉が、思ったのとは違うように響く可能性に。

相沢は幸子ならきっといい名前を付けてくれる、そう思ってすべてを託したつもりだった。自分に名付けのセンスがあるとも思えない。幸子に任せておけば安心だといつものように考えて、「任せる」とだけ伝えたのだ。

しかし、まるでどうでもいいと言わんばかりだと、不意に気づいて、柄にもなく不安になった。

幸子はどう思っただろうか。相沢はひとり悶々《もんもん》と考えた。幸子ならきっとわかってくれたと思う時もあれば、傷つけたかもしれないと思う時もあった。

そのうち、相沢はようやく大きな問題に気づいた。もう生まれているであろう子供の名前を、相沢は知らないままなのだった。候補さえも知らない。

幸子とその子を思う時、相沢は子供の名前を呼ぶことさえできないのだった。

幸子はどんな名前を付けたのだろう。

苦しい現実から逃れるように、よく想像した。そもそも、男だろうか、女だろうか。女だったら子は入っているだろう。男だったら、光男のどちらかの漢字を入れてくれたのではないか。

日本に帰って、幸子と、そして、我が子の名前を呼ぶ日のことだけを考えて生きてきた。

しかし、そんな日はもう来ない。子供の名前を呼ぶことも、もうできない。

その日受け取った手紙の内容が、遅れて脳に届いた瞬間、相沢は自分の底がすこんと抜けたような気持ちになった。

気づけば、バラックを出て、歩き出していた。自分の足がどこに向いているかわかり、その足はぐんと速まった。

一直線に鉄条網を目指す。

焦燥感に駆られ、絶望感に襲われ、何人もの男たちが鉄条網を越えようとし、ソ連兵の銃口を前にあっけなく命を落とした。

犬を振り切るように歩きながら、もっと早くこうするんだったと相沢は思う。

だってもう幸子はとっくに……。

不意に背後からタックルでもするように腰を掴まれて、相沢は動きを止めた。しかし、掴む腕は弱々しく、相沢はすぐに振りほどいて、歩き出す。しかし、また掴まれた。今度はなかなか振りほどけない。

「離せ！」

相沢は吠えた。しかし、腕は外れない。骨と皮ばかりの腕のどこにそんな力があるのか、引きはがそうとしても離れなかった。相沢は背後の男を睨みつける。必死な形相で相沢にしがみついているのは、山本だった。

相沢は激しくもがく。しかし、腕は外れない。山本の後からやってきた新谷が一緒になって相沢を押さえつけ、相沢は地面に引き倒された。冷たい地面を頰に感じながら、荒い息を吐く。何度も振り払おうとするが、二人の手は緩まなかった。

そして、相沢は二人に両腕をきつく拘束され、引きずられるように、監視兵の目の届かないバラックの陰へと連れていかれた。

強引に上から押さえつけられ、座らされる。

「監視兵に見つかるぞ。殺されたいのか」

初めて聞くような山本の低い声だった。

「うるせえ。離せ！」

「奥さんに会えなくなるぞ」

山本の口から「奥さん」という言葉が出た瞬間、頭の中が真っ白になった。

「どうせ会えない！」

相沢は手にしていたハガキをその手が白くなるほどに、きつく摑んだ。山本の顔をほとんど憎むような目で睨みつける。

「……空襲だ。俺がソ連に来た時には、あいつはもう……」

「……お腹の子は」

山本がためらいがちに問いかける。相沢はのろのろと左右に首を振った。そして、山本たちの不意をついて立ち上がった。

山本たちが「相沢さん！」と必死に呼びかけながら止めるのを、無理やりに引きはがしながら、また鉄条網の方へと歩いていく。

「子供は産まれもしなかったんだぞ！　俺は、ここで、あいつと会う日を……それだけを……それだけのために」

山本の顔が激しく歪んだ。目を真っ赤にしながら、手を振りほどこうとがむしゃらに暴れた。山本と新谷は何が何でも手を放すまいとしがみついた。お互い必死だった。

「離せ。殺されるのがなんだ。もう生きてる意味もねえ！」

「相沢さん。それでも……それでも生きよう」

山本は懸命に語り掛けた。相沢はどろりとした目で山本を見る。

「なんで生き続けなくちゃいけねえ！　ここで生き続ける意味は、俺にはもうなにもねえんだ！」

手負いの狼《おおかみ》のように、相沢は吠えた。しかし、山本は一歩も引かなかった。

「なにもなくても、そこに希望は絶対にあります」

相沢の目をまっすぐに捉え、力強く訴えた。馬鹿にされ、嗤《わら》われても、ダモイを信じ続けてきた男の言葉に、嘘はなかった。心の底からの言葉だった。

しかし、相沢にはただの安っぽい気休めにしか聞こえなかった。自分には希望があるから言えるのだろうとしか思えなかった。

相沢はハガキを読む山本の嬉しそうな顔を目にしていた。周囲の人たちと笑いあう声も。その声を聞いていられずに、相沢はとにかくバラックを出たのだ。

「……お前に俺の気持ちがわかるか！　お前の家族は生きてるんだろうがよ！」

山本に気持ちがわかるわけがない。

幸子も子供も死んでしまったのだ。後悔を伝えることもできない。名前を聞くこともできない。謝ることも、感謝することもできない。一目見ることも、もう叶わないのだ。どこに希望があるというのか。もう空っぽだ。ダモイという言葉も虚ろに感じる。帰ったところで何もない。

もうたくさんだ。

強引に新谷を突き飛ばし、山本の体を引きずったまま、相沢は再び鉄条網の方へと歩き出す。相沢が数歩歩いたところで、山本の腕から不意に力が抜け、その体がずるりと滑った。山本はそのまま激しく倒れる。両耳を抑え、うめき声を上げた。

「山本さん！」

慌てて、新谷が支えた。

山本の顔からどんどん色が抜け落ちていく。血の気の失せた顔で山本は、ぜいぜいと苦し気に息を吐いていた。

クロは一層激しく吠え始めた。

その声を聞いて、原や他の捕虜たちも駆け寄ってくる。

相沢は動けなかった。今にも気を失いそうな山本の手が、それでも相沢の足を摑んでいるのをじっと見ていた。足をちょっと動かすだけでたやすく外れるほどの、非力な拘束。しかし、相沢はそれを外せずにいた。

「……それでも生きよう。生きてくれ、相沢さん」

山本は苦しそうな息で訴え続ける。

ハガキが手の中でくしゃりと歪む。

不意に力が抜け、相沢はふらふらと座り込んだ。

いつの間にか、山本は意識を失っている。

しかし、意識を失ってなお、その手は引き留めるように、相沢の足を摑んでいた。

12

山本は原や新谷に担がれるようにして、すぐにラーゲリ内の病院に運び込まれた。山本の耳からは膿《うみ》が出ていた。時折、激しい痛みが出るようで、耳を抑えては体をくの字にして耐えている。その痛みが過ぎると、少しだけほうっと表情を緩めるのだった。

ソ連の軍医リトワークは少し山本の耳の中をのぞくと、「中耳炎《ちゆうじえん》だ」とろくに検査もせず、すぐに診断を下した。そして、数日、病院のベッドで休ませると、何の治療もせず、山本をバラックへと戻したのだった。

そして、山本はすぐさま作業に出されてしまった。

山本が送られたのは、建築現場だった。畳半分ほどのずしりと重いガラスを、背中に縄で括《くく》って上の階まで運び上げるのだ。一緒の現場に送られた新谷は、まだふらふらとしている山本が今にもガラスに押しつぶされそうで、怖くてたまらなかった。監視の目を盗んで、何度も手を貸したが、疲労と耳の痛みで動けなくなっている姿を何度も見かけた。山本がそんな状態になっても、監視兵たちは早く運ぶようにと叱りつけるばかりだった。

ラーゲリの運営も、時間が経ち、採算性を考えるようになったのだろう、少し前までは、山本のような体の弱い者は、比較的楽な営内作業を任されることになっていた。

しかし、最近になって方針が一変し、あえて重い労働を負わせるようになったのだ。

日本から届いた手紙は捕虜たちの大きな支えとなっていた。しかし、その明るい話題に必死にすがらずにはいられないほど、ラーゲリの環境はより過酷になっていたのだった。

ラーゲリの雰囲気が変わるきっかけとなったのは、四人組の捕虜脱走事件だった。脱走は時間をかけて慎重に計画されていた。ソ連兵のふりをするため、軍服まで調達していた。しかし、その彼らは二日目にしてあっけなく捕まってしまった。乗り換えた列車が貨物列車だったことで、怪しまれてしまったのだ。

彼らは脱走時、捕虜たちの名簿を隠し持っていた。なんとか持ち帰り、捕虜たちの存在を、日本に伝えるためだ。

もう、逃げられないと悟った瞬間、彼らは列車を飛び降り、名簿を投げ捨てた。しかし、取り調べ中、彼らはその投げ捨てたはずの名簿を突き付けられた。バラバラになった名簿を、一片残らずかき集めたのは、赤いネクタイを首に巻いた赤色少年団《ピオネール》と呼ばれる子供たちだった。ぴんと背中を伸ばし、頰を誇らしげに紅潮させている。

「どうだね、君たち。わがソ連邦では少年にいたるまで祖国を守るため、軍への協力を惜しまないのだよ」

取り調べの将校は得意げに言った。

脱走計画の失敗によって、ラーゲリの名簿は日本に届くことなく、握りつぶされた。そして、皮肉なことに、ラーゲリの日本人たちの環境はより一層厳しいものとなってしまったのだった。

この脱走事件の後、反ソ的な言動はより厳しく取り締まられるようになった。一部の日本人たちはソ連の「犬」となって、積極的に日本人の言動に目を光らせ、密告するようになった。そうした人物は「ワンワン」と陰で呼ばれて警戒された。そうした「ワンワン」の中には、ソ連の威光を笠に着て、大きな態度をとる者もいた。

さらには、必死な思いで勝ち取った日常のささやかな娯楽まで、取り上げられてしまった。草野球や演劇は禁止され、句会や同好会なども解散を命じられた。

楽しみを禁じられ、監視兵がいないところでさえも監視の目が光るラーゲリの生活は、息が詰まるようだった。

山本の句会ももちろん解散させられた。以前のように日曜日の度に集まって、車座になってお互いの句を見せ合いながら、感想を述べるようなこともできなくなった。

バラックの中でこっそり行うにしても、「ワンワン」に密告されたら終わりだ。

今はとにかく大人しくしているしかない。いつかまた空気が変わって出来る日がくるかもしれない。句会のメンバーたちは残念がりつつも、仕方のないものとして解散を受け止めようとした。しかし、山本だけは違った。彼は変化したこの状況を受け止めつつ、どうしたら句会を開くことができるかを考えていた。

そして、山本は本当に信頼のできる仲間たちとこっそり連絡を取り合い、風呂場の脱衣所や洗濯場にひそかに集まるようになった。そこで、短い時間、こっそり句会を開くのだ。

ソ連兵の中にも、日本人に対して同情的な者もいる。そうしたソ連兵が当直の時には、監視は比較的緩やかだった。念のため、脱衣所や洗濯場での句会はそうした人物が当直の日を狙って行われた。

見つかったら、確実に罰を受ける。見つかったらどうしようという恐怖は常にあったが、それでも句会を楽しみにする気持ちの方が新谷は大きかった。

句会に参加している間だけは、息が楽にできる気がした。気の置けない人と、ちょっとした雑談をするだけでも、淀んでいた気持ちがさっと晴れるようだった。新谷は何より山本の語る文学や哲学の話を聞いているのが好きだった。話は正直半分も理解できてはいなかったけれど、ほんの少しずつ分かることが増えていくのが嬉しかった。

「これはね、私たちの夜学ですよ……夜学なんです」

山本はぼろぼろの体で、句会を開き続けた。逆境にあればあるほど、負けん気がわいてくるのか、禁じられる前より前のめりになっている。

山本はダモイのことも決してあきらめてはいなかった。

希望を抱くのにも疲れ、皆がダモイを口にしなくなっている中で、山本だけは「近く、ダモイはありますよ」と口にし続けた。

山本の言葉はいつも熱っぽく、新谷は本当にもうすぐダモイがあるような気になった。

山本が口にするダモイ説はただの願望ではなかった。壁新聞を作っている者たちに頼み込んで見せてもらったソ連の新聞で知った国際情勢を踏まえたものだったのだ。

しかし、そんな山本の言葉を「リトワークの薬と同じだな」と嘲笑する者もいた。軍医リトワークはひどいヤブ医者だと捕虜の皆が口をそろえる人物だった。診断もいい加減で、しぶしぶ出す薬も効果があったためしがない。そんな薬と同じだと嗤ったのだ。

その話をきいた山本は珍しく声を荒らげた。

「ダモイをそんな風にいうなんて……私たちの生命に関わることなのに……」

山本の気持ちは揺るがなかった。句会を精力的に続け、ダモイに繋がりそうな情報を集め続けた。

しかし、体は、その心ほど強くはなかった。山本は現場で何度も意識を失った。その度にラーゲリの病院に連れていかれるのだが、軍医リトワークは中耳炎だと繰り返すばかりで、山本はすぐにまたバラックに戻されてしまうのだった。

「如月《きさらぎ》や嶺々を青しと見る夕べ」

現場からの帰り道、遠くに見える山を見つめていた山本が、白い息を吐きながら、突然ぽつりと俳句を口にした。

やっとのことで歩いている山本の体を支えていた新谷は、思わず足を止めて、山本と同じ景色を眺めた。そこには、見ているだけで、沈鬱な気持ちになるような、いかにも冬らしい枯れた山が連なっていたはずだ。しかし、いつの間にか、その嶺はほんのりと青みを帯びて輝いていた。

山本と同じ目で、世界を見ることができたようで、新谷は嬉しくなった。

山の変化に気付いてみれば、肺を刺すような冷たい空気も、ほんのわずかだが柔らかくなったような気もする。

「もう春じゃないですか。日本からの返事もきたし、ダモイも近いですよ」

山本はにっこりと微笑んだ。新谷もにっと笑って応えた。

そうだ、きっともうすぐだ、と心の中で新谷は繰り返す。山本と一緒に日本に帰って、そして、一緒に句集を作るのだ。

（如月や嶺々を青しと見る夕べ）

これと軒氷柱《のきつらら》を詠んだあの句は絶対に句集に入れてもらおう。新谷は忘れないようにと、遠くの山を見ながら、何度も心の中で繰り返す。

シベリアで最も寒い二月がようやく終わろうとしていた。

四か月が経った。

一九五三年六月、突然、全員荷物を持って、宿舎裏に集合するようにとの命令が下った。

これから何が起きるというのか。不安げな顔の捕虜たちの前で、ソ連軍の将校はリストに書かれた名前をたどたどしい日本語で読み上げた。

名前を呼ばれた者、呼ばれなかった者、捕虜たちはふたつに分けられる。

そして、名前を呼ばれた四百名ほどの男たちは、そのまま隊列を組んで門を出て行った。

ダモイだった。

半ば信じられないような表情で男たちはラーゲリを出て行く。残された者たちと別れの言葉を交わす時間もなく、親しい者に目配せをするのがやっとだった。

残された者たちは、何の説明もないまま、何事もなかったかのように、作業所に送られた。長い月日の中で、捕虜たちは連帯感を強めていた。軍隊の階級など、それまでの立場はまちまちでも、ここにいるのは同じく戦犯とされたものだ。全員一緒の帰国だと思い込んでいた。

しかし、ダモイが許されたのは一部の人間だった。

どうして自分はダモイが許されなかったのか。残された者たちは複雑な気持ちを抱かざるを得なかった。自分たちもダモイできるのではないかと希望を抱きつつも、残された理由があるのではないかと不安に襲われた。

山本はこの唐突なダモイの知らせを病室で聞いた。山本は喉の痛みを訴え、もう何度目かの入院生活を送っていた。

原がダモイのことを告げても山本はあまり驚かなかった。三月に、ソ連の最高指導者スターリンが亡くなったというニュースを聞いてから、近々事態が大きく動くことを山本は予期していたのだ。

「みんな、行ってしまいましたね」

山本はぽつりと言った。その小さな声はかすれている。

喉もひどく痛むと訴えても、軍医は相変わらず排膿を続ける耳だけをちらりと見て、中耳炎だと言い張った。

もともと痩せた体は、さらに肉が削《そ》げ落ち、ずっとかけつづけている丸眼鏡までが、ぶかぶかと大きく見えるほどだった。

原は山本のためにも一日も早い帰国を祈った。

ソ連のトップが変わり、実際にダモイを果たした者もいる。もうダモイは夢物語では、決してない。明日叶うかもしれない現実だ。

しかし、原は今動かなければ、またしばらく事態が動かなくなる恐れも感じていた。

その懸念通り、その後、四十人ほどのダモイが一度だけ通達されたが、それからはダモイの動きは一切見られなくなってしまった。

次は自分だと、期待していた人々も、秋が過ぎ、寒さが厳しくなる頃には、ダモイを口にしなくなっていた。

　山本の体は弱っていくばかりだった。厳しいシベリアの冬を越せないのではないかと、不安になるほどの衰弱ぶりだった。

　さすがに極寒の中での作業は今の山本に酷だと、作業班長が相談して、営内作業に振り替えるようになった。営内で行う麻袋の修理作業は、埃《ほこり》が立つので、肺や気管支をやられる者も多かったが、体力的にはまだ楽だった。

　しかし、山本はそうした作業も十分にはこなせなくなり、入院する期間は少しずつ長くなっていった。

　そんな山本を支えていたのが、日本から届いた一枚の写真だった。スターリンの死後、日本からの小包も許可されるようになり、山本のもとにもモジミから小包が届いたのだ。

　新しいセーターや下着の他に、万年筆や大学ノートが入っていた。書くことが何より好きな夫のためにと、モジミがなんとかやりくりして用意したものだった。しかし、荷物は必ずソ連兵の検閲を受けることになっており、万年筆や大学ノートは取り上げられ、破棄された。悔しくてならなかったが、どうにもならなかった。

　そうして検閲を経てようやく手にすることができた小包の中に、モジミと子供たちが初めて写真館で撮った家族写真が入っていたのだった。

そこには山本がずっとこの目で見たいと切望していた、成長した子供たちの姿があった。

山本はすぐにモジミに手紙を書いた。

（一家そろつて撮つた写真を見て、どんなに嬉しかつたことか！　殊に顕一君はすつかり大きくなつて見違へてしまつたよ。臥床中《がしょう》に受取つたせいか小包が実に嬉しく有難く毎日三〜四回写真を出しては見てゐる。幸ある日もいよいよ近いやうだ。みんな丈夫で生きてくれ）

モジミからの返事はまたすぐに届いた。「臥床中」という言葉が心配をかけてしまったようだ。モジミはしきりに山本の体を心配していた。

手紙には、顕一が東京大学を受験するという嬉しい知らせもあった。他の子供たちの将来の教育のことも考え、松江から埼玉県の大宮に転居したという。山本の満鉄時代の親友が奔走してくれたこともあり、無事、大宮聾《ろう》学校に転勤も決まったとの報告に、山本はほっと胸を撫でおろした。

顕一がこれまでどれだけしっかり勉強してきたのかを思うと、山本は自分のことのように誇らしくなった。それを支えたモジミの苦労を思えば、頭が下がった。そして、自分で見守ることもできない今、近くで家族を助けてくれる親友の存在がなんともありがたかった。

山本は原や新谷に、息子が東大を受験するのだと、嬉しそうに自慢した。もうずっと青白いままの顔も、この時ばかりは赤みが差していた。

山本はすぐさままた手紙を書いた。息子の受験を近くで見守れないことが何とももどかしく、試験に臨む際の心構えを細かく綴った。

（試験の時には、なるべく文字を分かり易く、きれいに書くやうに。そして受験番号の記入を忘れないやうに。よく落ち着いて、実力を百パーセント出して下さい）

そして、詳しい健康状態には触れず、家族をなんとか安心させようと、軽い調子でこう結んだ。

（皆さん、ごくらう、ごくらう。私も元気にならふと一所懸命に頑張つてゐます）

13

新谷と原が病室に入った時、山本はうつらうつらとしていた。

山本の体が日に日に衰弱していることは、もう誰の目にも明らかだった。

痛みを訴えていた喉はまるで大きな玉でも飲み込んだように腫れ上がっていた。

倒れた山本が病院に運び込まれてから、もう随分経とうとしている。シベリアの冬は弱った山本の体から、追いはぎのように容赦なくその体力を奪っていった。何とか冬を越え、春を迎えることができたものの、今度の入院はひどく長いものになりそうだった。

「クロ……」

新谷は思わず声を上げた。山本のベッドの下に、まるで彼を守るように、クロが横たわっていたのだ。

新谷の声で目を開けた山本はひどくしゃがれた声で、前置きなしに「ハガキは……」と尋ねた。原は難しい顔で首を振った。

「……船便が遅れているみたいだ。しばらく来ていない」

「そうですか……」

もう幾度となく繰り返しているやりとりだった。

「息子が大学に行くはずなんですが。そうか……」

モジミからの手紙は、顕一の東大受験を知らせたものが最後だった。顕一の合格を固く信じていたが、やはり実際に報告を受けるまでは落ち着かない。山本はモジミからの知らせを心待ちにしていた。

家族からの手紙があればどんなに、今の山本を元気づけてやることができるだろう。

しかし、しばらく日本からの手紙や小包は誰のもとにも届いていなかった。

「会いたいな」

山本は枕元に置いてあった家族写真を手に取り、眺めながら呟いた。何度も手にしたせいで、その端は少しよれはじめている。

しばらくすると、写真を持った山本の手がぱたりと落ちた。またうとうととまどろんでいる。原は山本の手からそっと写真を取り上げると、枕元に戻した。

新谷はベッドの下のクロを撫でる。クロはちらりと、新谷を見ると、前足にぽすんと顎を載せ、目を閉じた。ここを動くつもりはないようだった。

「頼むぞ、山本さんを」

クロはまるで返事をするように、ぱたんと一度だけ尻尾を振った。

山本の病室からバラックに戻った原と新谷は、数人の捕虜たちに囲まれた。皆、山本のことを気にして、原たちが戻ってくるのを待ち構えていたのだ。

「山本くんの病状は悪化する一方です。このままでは命にかかわるかもしれません」

原が低い声で告げると、捕虜たちはもどかしそうに声を荒らげた。

「またかよ。何度目だ、倒れたのはよ」

「中耳炎じゃないだろう、どう見ても」

「俺もそう思う。でも、ここの軍医では、それ以上の診断ができないんだってよ」

捕虜たちの声に、相沢はずっと俯いていた顔を上げた。その目はどろりと濁っている。

妻の死を知ってから、相沢は死んだように生きていた。配給された黒パンを口に押し込み、命じられた作業はこなしているものの、それ以外はほとんどじっと俯いて過ごしていた。もう日本に帰りたいという強い思いもないのだろう。同じラーゲリにいた捕虜たちがダモイを果たし、自分の名前は呼ばれなかった時もほとんど顔色を変えず、ただ機械的にその日のノルマをこなしていた。

すべてを締め出すように、他人に関心を示すことのなかった相沢が、珍しく捕虜たちの話にこっそりと耳を傾けていた。

捕虜たちの話を気にしているのは、相沢だけではなかった。

松田もまた、真っ暗な窓の外を見つめながら、原たちの会話に耳をそばだてていた。彼らの輪には加われないが、山本の様子は気にかかる。

山本のことはずっと気になっていた。列車の中で「いとしのクレメンタイン」を歌い出した時から、ずっと気になっていたのだ。

人間を、「捕虜」という扱いやすく管理しやすいものに変えようという圧倒的な暴力の中で、ずっと人間であり続けた人。

適切な治療をしようともしないという、彼に対するソ連の扱いは、まさに人間として扱っていないからこそのものだ。これまでの山本であれば、自分で毅然と真正面からぶつかっていっただろう。しかし、今の山本にはそれはできない。

もう、自分でまっすぐ立つことすら難しいだろう。

山本に適切な治療を受けさせてほしいというのが、そんなに過ぎた望みだろうか。

人間を人間らしく扱ってほしいというのは、おかしなことだろうか。

胸の奥がじりじりとした。

松田はバラックの明かりが消え、皆が就寝しても、ただひとりじっと窓の外を見つめていた。

夜が白々《しらじら》と明けていく。重く空を覆っていた暗闇は次第に明るみ、空ははっと息をのむような美しい瑠璃《るり》色に染まった。

松田は一睡もせず、朝を迎えた。しかし、眠気は微塵も感じなかった。

松田は刻一刻とその色を変えていく空を眺めていた。

今、この瞬間の色にも名前があるのだろうかと、ふと思う。山本だったらその名前を知っているような気がした。

一日の始まりを告げる鳥の声が聞こえてくる。

やがて、松田はその一歩を踏み出した。

いつものようにレールをハンマーで叩く起床の鐘がラーゲリに響いた。

捕虜たちは淡々と朝の分のパンを食べ、作業に出るための準備を始めた。

もう身に染みついた動作になっている。

相沢はほとんど無意識で手を動かしながら、防寒具を着込み、荷物をまとめる。

その時だった。

「誰か、止めてください」

ひどく慌てた様子の新谷が駆け込んでくる。その尋常ではない様子に、原がすぐさまバラックを飛び出した。

こんな時、いつも相沢はバラックに残るようにしている。大抵、ろくでもないことに巻き込まれるからだ。しかし、相沢の足はバラックの外へと向いていた。胸騒ぎがする。自分の目で確かめずにはいられなかった。

原の背中を追いかけ、たどり着いた先の光景に、新谷がどうしてあんなに慌てていたのかすぐにわかった。

本部の前の広場に、松田が座り込んでいたのだった。背筋をピンと伸ばし、胡坐《あぐら》をかいている。

何かを固く決意したような、その真剣な表情は、怖いほどだった。

「……どうしました。作業に行く時間ですよ」

原が恐る恐る声をかけている。松田は正面を見たまま、きっぱりと言った。

「自分は行きません。作業を拒否します」

「え？」

「ここを一歩も動きません。飯も食べません」

ストライキということだ。正直、意外だった。相沢の知る松田は、とにかく目立つことを嫌い、ソ連から目を付けられることを何より恐れる男だった。相沢の疑問を代弁するように、原が「何のために」と尋ねる。

「山本さんを、大きな病院で診てもらうためです」

松田の言葉に、原は息をのんだ。

原の後を追うようにして、バラックを飛び出してきた捕虜たちが、その言葉にざわつく。松田の行為に胸を打たれる者もいれば、ソ連の怒りを買うのではないかと心配する者もいた。

相沢は捕虜たちの壁をかき分けるようにして、ぬっと松田の前に立った。

「いい加減にしろ、一等兵」

いきなり相沢は怒鳴りつけた。びりびりと空気を震わすような怒鳴り声。そんな声を相沢が上げるのは随分と久しぶりのことだった。

「みなさんは行ってください。これは自分の闘いです」

松田は眉一つ動かさずに言った。相沢はぎりぎりと目を吊り上げ、「殺されるぞ」と脅すように言った。

「おまえ、母ちゃんに会うんだろう」

バカなことをするなと、イライラした。ダモイするはずだったあの列車の中で、母親を呼びながら松田は泣いていた。あれほど会いたがっていた母親に会えなくなってもいいのかと、怒りが湧いた。

「母さんは死んだ」

松田が静かに告げた言葉に、相沢は固まった。怒りは一瞬のうちにさあっと消えていた。ただ恥ずかしかった。自分の悲しみにつま先までどっぷりと浸かり、世界で自分だけが悲しいかのように振舞ってきたことが。

「生きてるだけじゃ駄目なんだ。ただ生きてるだけじゃ。それは生きていないのと同じなんだ。俺は卑怯者をやめる。山本さんのように生きるんだ」

松田はきっぱりと言い切った。もうその言葉にかつてのような迷いや揺らぎはなかった。

「……本当に殺されるぞ、一等兵」

「一等兵じゃない。俺は……松田研三だ」

相沢ははっと息をのんだ。松田の静かな迫力に、少し気圧《けお》されていた。今や昔の軍の階級などまったく意味はない。もう階級で呼び合うようなこともない。それだけ敗戦から長い年月が過ぎた。相沢も今のラーゲリに移ってから、自分を軍曹だと考えなくなった。アクチブに吊るし上げを食らううちに、ほとほと嫌になった。

松田のことも別にずっと一等兵だと思い続けていたわけではなかった。ただ、松田研三だとも思っていなかったのだ。だから、咄嗟に、かつて呼んでいた「一等兵」が口をついた。

その時、相沢の横から一人の男が前に進み出た。新谷だった。新谷は足を引きずりながら進み出ると、ためらいなく松田の横に腰を下ろした。

驚く松田に、にっと満面の笑みを向ける。

その光景に、相沢は深く息を吐いた。そして、大きく一歩踏み出して、松田の隣にどかっと座り込む。さっき以上に驚く松田に向かって、相沢は口の端を曲げて笑った。

「どうせ生きてても意味はねえ。付き合ってやるよ」

周りを取り囲んでいた捕虜たちが顔を見合わせる。

そして、次々と三人の後ろに座り始めた。作業場に向かう時間になっても、動く者は誰もいなかった。これだけ大々的に命令に違反したら、見せしめのためにも重い罰が与えられることだろう。それがわかってなお、冷たい土の上に座り込んだまま、身じろぎ一つしなかった。

原はひとりその光景を見ていた。その手は爪が深く食い込むほど握り締められている。

山本を大きな病院で診てもらいたいというのは、ずっと思っていたことだった。ここの軍医に任せていたら、治るものも治らない。原は何度も所長に請願書を出した。句会のメンバーたちにも声をかけ、連名でも請願した。しかし、許可は下りなかったのだ。ストライキは手段として、頭を過らなくもなかった。しかし、あまりに危険が大きいと躊躇していた。圧倒的な力で無理やり制圧されるのが目に見えていたからだ。

無駄にはしない。無駄にしてたまるか。

原は松田たちに背を向けて歩き出す。原はまっすぐに本部の中へと入っていった。


本部を訪れた原は、将校たちとの面会を申し出た。

原はこれまでも何度もラーゲリの運営側との交渉役を担ってきた。将校たちとも当然面識がある。松田たちのストライキはもう将校たちの耳に入っているようだった。

原は拍子抜けするほど呆気なく、将校の部屋に通された。

しかし、将校たちの顔を見た瞬間、原は理解した。ソ連は話を聞こうと原と面会したのではない。ロシア語のわかる原に、間違いなくソ連の命令を伝えさせるために、面会を許したのだ。

「我々は作業を拒否します！」

とにかく、話を聞いてもらおうと、原は前置きなくロシア語で告げた。要求を伝えられなければ、交渉も始まらない。

「要求は一つ。山本くんを大きな病院に診せると約束すること。回答があれば、すぐに作業を開始します」

喧嘩腰に言うのではなく、あくまで冷静に原は訴えかけた。そんなにとんでもない要求をしているわけではない。人間を人間らしく扱ってくれと言っているだけだ。

それをわかってほしかった。

しかし、原の要求に将校たちは一様にその表情を険しくした。ペリコフは苦虫をかみつぶしたような顔で、冷たく言い放った。

「そんな権利はない！　お前たちは戦争犯罪人だ」

「その報いは受けました」

原はまっすぐペリコフの目を見て告げた。努めて冷静に告げたつもりだったが、押し殺した静かな怒りがその言葉には滲んでいた。

「九年です。もう九年だ。どれだけの人間が亡くなったと思ってるんだ」

ペリコフはすっと表情をなくし、銃を取り出した。原は微動だにしなかった。死にたくはない。山本が救ってくれた命だ。大事にしたい。命は何より大事だ。しかし、この瞬間、命をかけてでも譲れないものが確かにあった。

「いったいいつまでこんな理不尽な状況は続くんだ！　我々は家畜じゃない。人間だ！」

ペリコフは目を細め、銃口をぴたりと原の額《ひたい》の真ん中に向ける。しかし、原は目を逸らすことなく、ペリコフを睨みつけた。要求は最低限のものだ。一歩たりとも引くつもりはなかった。

夜になっても、松田たちの座り込みは続いていた。

松田たちのストライキに対して、監視兵たちはこのまま続けるならば、普段の食事を五分の二の量に減らすことになると告げた。懲罰食だ。普段の食事量でさえも空腹が耐え難いほどだ。それを半分以下に減らされるとなれば、命が危険なレベルだと思われた。

そうした罰をちらつかされても、誰一人脱落者はいなかった。

全員が全員、山本と親しく過ごしていたわけではない。しかし、九年の歳月は長い。同じように捕虜として過ごしてきた時間が、彼らを一つにしていた。

監視兵たちは将校たちからの指示を待っているのか、懲罰食について伝えた後は、特に何をするわけでもなく、少し離れたところから見張っている。

なんの動きもない、ただ待つだけの時間はひどく長く感じられた。

ソ連側から何の回答もないままに、ただ時間だけが過ぎていく。そして、夜になった。春とはいえ、夜にもなれば、その寒さはひどく堪《こた》える。

寒さと空腹と眠気と何の進展も見られないこの状況に、一晩散々悩んだ末にたどりついたはずの松田の決意がぐらりと揺れた。自分は大変なことに皆を巻き込んでしまったのではないかという不安が、ちらりちらりと頭をよぎる。

松田はそうした不安を振り払うように山本の姿を思い浮かべた。

山本だったらどうするだろうと考える。山本だったら。

その時、初めて会った時の山本の姿が、不意に脳裏に浮かんだ。

「オーマイダーリン、オーマイダーリン」

気づけば、松田は口ずさんでいた。歌っているうちに、なんだか励まされたような気持ちになって、腹からの大声で歌った。

「オーマイダーリン、クレメンタイン。ユーアーロストアンドゴーンフォーエーバー、ドレッドフルソーリー、クレメンタイン」

途中から、新谷も一緒になって歌い出した。他の者たちも、一人、また一人と加わっていく。そして、全員声を合わせての大合唱になった。

「オーマイダーリン、オーマイダーリン」

松田たちは繰り返し歌った。歌が力をくれた。疲れを見せていた者たちも、気力を取り戻し、声を合わせて歌っていた。

夜が深まったところで、松田は相沢に「偵察に行ってくる」と短く告げられた。相沢は闇に紛れて姿を消す。しばらくして、音もなく戻ってきた相沢は、興奮をにじませた声で告げた。

「ストライキはラーゲリ全体に広がったぞ」

松田は思わず笑顔になった。その報告を伝え聞いた捕虜たちの顔もぱっと明るくなる。

希望が、見えてきた。

松田はますます大きな声で歌った。相沢も一緒になって歌い出す。朗々《ろうろう》と響くいい声だった。松田も負けじと声を張る。二人は顔を見合わせて、にやりと笑った。

(美しい歌に、アメリカもロシアもありません)

松田は山本の言葉を思い出した。捕虜たちの歌声は様々だ。音程の取れていない者もいれば、歌詞があやふやな者もいる。それでも、一つになったその歌はとても美しく聞こえた。

松田たちの歌声に、監視兵の一人は苛立ちを募らせていた。

「調子に乗りやがって。構わん、撃て」

馬鹿にされたような気になって、怒りに任せて隣の部下に命じる。しかし、部下は従うどころか、少し呆れた様子で尋ねた。

「全員をですか？」

ストライキにはもはやラーゲリにいる捕虜全員が参加している。さすがに上層部の命令なく、捕虜全員を射殺するというつもりもなかったのだろう。監視兵は重く黙り込んだ。

「いとしのクレメンタイン」は今やラーゲリ中から聞こえてくる。

その歌声は、病室にいる山本のもとにも届いていた。

風に乗って聞こえてくる歌声に合わせて、山本は口ずさむ。

かすれた声で一緒になって歌うその顔は、小さく微笑んでいた。

夜が明け、朝が訪れた。

松田たちはひとりとして欠けることなく朝を迎えた。しかし、普段から十分な栄養を取っていない彼らに断食はひどく堪えた。

もうさすがに歌う気力もなく、座る姿勢を保っているだけでやっとだった。

その時、突然、軍靴の音が響き渡った。

一瞬の間に、松田たちは銃を手にしたソ連兵に周りを囲まれていた。

「……軍隊」

相沢が油断なく視線を走らせながら呟く。目の前の兵士たちは、ラーゲリにいつもいる監視兵たちとは装備はもちろん、雰囲気までまるで違った。

事態を収めるため、呼び寄せられた軍隊の男たちだった。松田たちだけではなく、他のバラックも軍隊に囲まれている。ソ連の絶対的な力を思い知らせるかのように、おびただしい数の兵が、ラーゲリに集められていた。

「抵抗はやめろ。従わぬ者は射殺する」

ソ連兵の大佐が松田にロシア語で告げた。ラーゲリでの生活も九年になる。「射殺する」という言葉を松田の耳はしっかりと聞き取った。しかし、ロシア語がわからなかったとしても、何を言っているのか間違えようがなかっただろう。その厳しい表情と向けられた銃口は、明確に「服従せよ」と告げていた。

その他の兵たちの銃口も、捕虜たちひとりひとりに正確に向けられている。

もうこれで終わりなのか。まだ、山本を大きな病院で診せるための交渉の取っ掛かりさえつかめていない。こんな中途半端な状態で、また自分は卑怯者に戻るのか。

もう前のようなことは繰り返すまいとそう固く決めていた。

しかし、銃口を前に、松田の体は、本人の意思とは関係なく震えていた。

目の前の兵たちに、捕虜の言葉を聞く気があるとは思えない。それでも、伝えなければばと思った。あの日、野球を続けさせてくれと、何度も何度も訴え続けた山本のように。

もう卑怯者に戻りたくない。山本さんのように生きるんだ。必死に自分を鼓舞《こぶ》する。

松田は立ち上がろうと、震える足に力を込めた。その動きを察した相沢の手がさっと伸び、松田の足を上から押さえつける。

「ここで戦いをやめても、もう誰もお前を卑怯者とは言わねえよ」

ぶっきらぼうだが優しい響きの言葉だった。松田は俯いて唇を噛んだ。涙がにじんでくる。悔しくてならなかった。

その時だった。

「勝ち取ったぞ！」

張り詰めた空気の中、喜びを爆発させるような声が響き渡った。

本部の中から原が息を切らしながら、まっすぐに駆けだしてくる。

原は銃など目に入っていないように、軍隊に背を向けると、改めて大声で言った。

「私たちの要求が通りました！」

松田たちは歓声を上げた。皆、すっかり痺れてしまった足でよろよろと立ち上がりながら、抱擁し、喜び合う。相沢も新谷に無理やり抱き着かれ、戸惑いながらも、嬉しそうにしていた。

松田は原を見つめる。原は松田の視線に気づくと、にっこりと笑った。それは、一緒に戦い抜いた戦友に送るような微笑みだった。

14

口約束だけで本当に大丈夫なのかと松田は気をもんだが、意外にも、ペリコフはすぐに約束を守った。山本はすぐさまハバロフスク市内の設備の整った中央病院に送られた。

山本を乗せた医療自動車を見送りながら、これでやっと山本の病気もよくなるはずだと、松田は安堵した。ラーゲリの軍医とは違い、中央病院の医師なら、山本の病気を突き止め、適切な治療を施してくれることだろう。

しばらくそのまま入院するのだろうと思っていたが、山本は数日後、医療自動車に乗せられ、ラーゲリへと戻ってきた。

その知らせを聞いた時、松田の心臓は痛いほどに跳ねた。入院の必要のない病気だったのだろうと、自分に言い聞かせるが、どうしても不安は込み上げた。

監視兵から山本が戻ってくる日を聞き、捕虜たちは門の近くで、その帰りを待ち構えていた。相沢は行かないと散々渋っていたが、仏頂面で先頭に陣取っていた。作業を終えた後とは言え、門の側に捕虜たちが集まるのは、本来許されないことだろう。しかし、監視兵たちは油断なく目を光らせつつも、黙認してくれていた。

門の外をじっと見つめていたクロが、何かを知らせるように吠え始めた。

すぐに医療自動車が門を通り、入ってきた。監視兵の見守る中、担架に乗せられた状態で、山本が降ろされる。

山本はこの数日間でまた一段と小さくなったように見えた。首にまかれた包帯だけはラーゲリの病室にいた時よりも綺麗だったが、それだけだった。

山本は集まった一人一人にぼんやりと視線を向けた。そして、松田の顔が視界に入ると、かすれた声で言った。

「松田さん……ありがとう」

ストライキのことを聞いたのだろう。山本は微笑んでいた。

感謝の言葉は胸に痛かった。もっと早く山本のためにできたことがあるはずだった。逆の立場だったら、山本は松田のためにためらいなく行動していただろう。九年間、見続けてきた山本ならそうすると確信をもって言えた。だからこそ、痛々しいほど衰弱した姿に、申し訳なさが先に立った。

「……すいません！」

松田は泣き崩れた。

「山本さん。今まですいません！」

松田はうずくまり、肩を震わせながら嗚咽する。

山本を乗せた担架は、監視兵たちの手によって、もとの病室へと運ばれていった。


夜の病室は静かだった。

相沢は忙しそうな日本人捕虜の看護係を捕まえて、山本の病室を聞いた。のろのろとその病室を目指す。ひどく気が重かった。

寝ていたらすぐさま引き返そう。そう思っていたのに、山本はまだ起きていた。じっと天井を見つめている。その瞳に、相沢の知る、何かを面白がるような生き生きとした光はなかった。木のうろのようにぽっかりと虚《うつ》ろだった。

相沢の存在に気付き、ベッドの下にいたクロが警戒するように、顔を上げる。山本もまた相沢の気配に気づいたのだろう。ぼんやりとした目を相沢に向けた。

「……どうだったんだ。病院の診察は」

相沢は単刀直入に尋ねた。訪ねてくるなら原や新谷だと思っていたのだろう。山本は驚いたように目を丸くした。

「相沢さん……。どうして」

「……くじ引きで決まったんだよ。誰がお前の病状を聞いてくるかをな」

嘘だった。

誰もが山本の病状を知りたがっていた。そして、同じくらい知りたくないとも思っていた。病室に行くのをためらう原たちに焦れ、皆の話を遮るように、自分が行くと大声で宣言したのは相沢自身だ。

「……そういうことですか」

相沢の話を真に受けてか、その嘘を見破ってか、山本は苦笑する。相沢は山本の顔をじっと見下ろしながら、努めて軽い口調で聞いた。

「戻ってきたってことは、大したことはなかったんだろ」

「癌《がん》でした」

山本は冷静な口調で言った。相沢はぎょろりとした目を見開いて、固まった。山本の病状がよくないのは、衰弱した様子から、なんとなく察してはいた。最悪のことも考えていた。しかし、実際に告げられて、相沢の頭は真っ白になった。

「喉頭癌性肉腫《こうとうがんせいにくしゅ》。のどの癌です。すでに末期症状で、手の施しようがないそうです。余命三か月だそうです」

これが中央病院から戻された理由だった。治療はできないと、医師が匙《さじ》を投げたのだ。

「そういうことです」

まるで遠い他人の話でもしているような、淡々とした口調に、相沢は思わずカッとなった。

「……何がそういうことです、だ」

何に対してなのか、怒りに腹が煮えるようで、相沢は声を荒らげた。

「悔しくねえのか。このままじゃ生きて家族に会えねえんだぞ。それでもお前は絶望しねえって言うのか！」

「しないわけないでしょう！」

山本は激しく痛み続ける喉を必死に震わせて怒鳴った。かすれた、ヒューヒューと鳴るような小さな声だったが、相沢はその怒声にぴしゃりと叩かれたように感じた。

「……絶望、しないわけないでしょう」

山本の顔が歪んだ。

「……帰ってくれ。一人に、させてくれ」

山本は必死に顔を背けようとした。しかし、山本はもう一人で寝返りも打てないのだった。相沢に背を向けることもできず、山本はその顔を相沢の目から隠すように両手で覆う。

こんな弱々しい山本を、相沢は初めて見た。体力のない山本はしょっちゅう倒れたり、ふらふらとしていたけれど、弱々しいと感じたことは、ただの一度もなかった。しつこいと呆れるほどに諦めることを知らず、能天気だと腹が立つほど生きることを楽しむのが山本ではないのか。無性に腹が立った。

「……それでも……それでも生きろ……。俺にそう言ったじゃねえか。俺は生きたぞ。あれから、何もなくても生きてきたぞ。ここで諦めたら俺が許さねえからな山本！生きろ！　それでも生きろ、山本！」

一息に怒鳴りつけ、ぜいぜいと息をついた。

山本は顔から手をはずし、あっけにとられたように、相沢を見た。そして……ふっと微笑んだ。相沢のよく知る、ちょっとイラっとするような、なんとも楽し気な表情の片鱗《りん》《へん》がそこにはあった。

「……なんだよ」

「初めて、名前で、呼んでくれましたね」

そう言えば、そうだったかもしれない。相沢は山本の笑顔を見つめる。

相沢は込み上げるものをぐっと飲み込んだ。

（一等兵ではありません。山本です。名前があります）

かつて山本が口にした言葉を、相沢は鮮明に思い出す。その時のはっとした気持ちも。

あれから、随分と長い時が経った。

部下としてあれほど忠実に仕えた佐々木にも見捨てられ、アクチブに痛めつけられ、相沢は軍曹ではなくなり、ただの相沢となった。顔が歪むような、苦々しい記憶ばかりだ。しかし、階級が失われたことを惜しいとは、今はもうまるで思わなかった。それなのに自分は未だに松田を一等兵と呼び、山本を九年目にしてようやく初めて名前で呼んだ。

そして、指摘されるまで、それに気づきもしなかったのだ。

どうして自分は山本や松田を一等兵と呼び続けていたのだろうか。

意地か、恐れか……。

山本はまだ嬉しそうに微笑んでいる。

ひどく肉の削げた顔に浮かぶ笑顔を見ているうちに、突き上げるような怒りが込み上げた。

未だに帰国できないこと。人間らしい扱いも受けられない状況。自分に生きることを強いた山本がどうしようもなく死にゆこうとしていること。

何もかもが、腹立たしかった。

そして、そんな山本に微笑みながら「初めて、名前で、呼んでくれましたね」と告げられたこと。

激しい怒りの矛先は、自分自身にも向いていた。

どうして……どうして、俺は……。

相沢は言葉を発することもできず、唇をきりきりときつく嚙み締める。血の味がした。

山本はじっと相沢を見ていた。その目は少し濡れている。

相沢は目を真っ赤にしながらも、感情を必死に堪え、山本と無言のまま長いこと見つめあった。

山本の病状を知った同じバラックの者たちや、句会のメンバーたちは、交代で山本の看病をすることにした。昼は作業に出なければいけないが、それ以外は夜も泊まり込んでつきっきりで世話をした。汗を拭き、濡らしたタオルを額に当て、うちわで風を送ってやる。骨と皮しかないほど痩せているのに、ぱんぱんに浮腫《むく》んだ足を揉んでやったりもした。

彼の命を支えているのは、こっそりと持ち込まれる牛乳と卵だった。牛乳はラーゲリの売店で売っているのだが、入荷しない日が多かった。毎日入荷してほしいと頼んでも、ラーゲリの運営者たちは「ないものはない」とにべもない。売店に通いつめ、牛乳が並ぶことを願う毎日だった。卵は作業に出た際、監視の目を盗んで手に入れた。見つかれば、没収され、罰を受ける。割らないよう、体に隠して、こっそり持ち込むのは至難の業だった。

皆が苦労して手に入れた牛乳や卵を口にしながら、山本は「友ありて命長らうだね……」としみじみと囁いた。

実際、病院が出す、臭くて薄い粥だけでは、山本の体力はあっという間に尽きてしまったことだろう。

そして、もう一つ山本を支えていたのが、句会だった。

喉の腫瘍はさらに大きくなり、こぶのように固くなってきた。圧迫された喉は、唾を飲むにも激痛が走り、しゃべる度にヒューヒューと野分《のわき》のように鳴る。

そんな状態でも山本は句会を続けていた。

週に一回、メンバーたちが山本の病室に集まる。

句会のメンバーも随分と少なくなった。帰還した者もいれば、亡くなった者もいた。寝たきりになって、失語状態の者もいる。それだけの長い時が流れていた。

しかし、新谷ら残った句会のメンバーたちは皆、熱心だった。山本に自分の句を選んでもらおうと、意欲を燃やしていた。

病に苦しんでいても、山本の目は確かだった。山本は真剣にすべての句に目を通し、一番いい句とその次にいい句を選んだ。思いがけない句が選ばれることもあり、選ばれた者は飛び上がるようにして喜んだ。

句会が終わった後は、体力を使い果たしてしまうのか、ぐったりとした様子だったが、決してやめようとはしなかった。原たちも決して止めようとはしなかった。句会を続けるという情熱が、今の山本には何より大事だとわかっていたからだ。

山本は確かに生きようとしていた。

山本は毎日のように誰かが病室を訪ねる度に、手紙のことを聞いた。

しかし、皆、首を振るばかりだった。手紙は長いこと届いていない。

山本は家族の手紙や写真を枕元に置いて、何度も読み返し、何度も眺めた。

母親からの手紙をじっと見つめ、目を赤くすることもあった。

「私のような男でもね、お袋からの手紙は胸にこたえてならないんだ。女親の息子への愛情というのは、時に鬱陶しくなるほど純粋そのものだからね」

額の汗を拭う松田に、山本は照れ臭そうに話した。そして、手にしていたハガキを見せてくれた。山本の母からのハガキには、几帳面さがうかがえる細かい字がびっしりと書かれていた。

（小包のついた知らせ受けた時から病気ではないかと心配ばかりしてゐましたらやはり病気らしくまた新に心配してます。どんな病気かわからずよるも眠れない位です。毎日のラヂオやら、新聞はもれなく聞いたり見たりしてゐます。帰還のときはぜひ舞鶴までお迎へに行きます。どうか是非帰るやうに仏様に祈つてゐます。母も六十五歳です。七十まで生きてもあと五年です。早く早く帰つて下さい）

何度も読み返したのだろう。ハガキには手ずれの跡があった。

子を思う母の手紙に、松田は自分の母を思って苦しくなった。本当に鬱陶しいほどの愛情を注いでくれた母だった。

無事に母親が生きている山本を羨ましく思った。しかし、母親が存命でも、自分が死んでしまったら、会うことはできないのだ。そんな当たり前なことに、今更ながらに気付いた。

家族からの手紙が、新たに届けば、それは何よりの薬となるのだろう。

しかし、手紙は一向に届かなかった。

山本がずっと気にかけている長男の受験の結果も、未だにわからないままだった。

作業を終えた足で、原と松田は病室へと駆けつけた。

病室に思いがけない人物を認めて、思わずその入口で二人して立ち止まる。

病室にいたのは相沢だった。熱っぽく真っ赤な顔の山本の額に、水に濡らしたタオルを載せ、甲斐甲斐しく世話をしている。

相沢は二人に気付くと、ぷいっと顔を背け、ぶっきらぼうに言った。

「……こいつの看病をするなら、営外作業をしなくてすむって言われたからだよ」

交代で看病をしているが、昼間は作業に出され、どうしても山本を一人にすることになる。相沢は作業班長に無理を言って、病室の看護係にしてもらったのだろう。看護係が山本に付きっきりになっているわけにもいかない。相沢は原と松田に後を任せ、逃げるように病室を出て行った。

松田は山本の額のタオルに触れた。さっき相沢が載せたばかりのタオルはもうぬるくなっている。

山本は日に日に痩せていく。もうこれ以上ないほど痩せているのに、それでもさらに小さくなっていくのだ。皮膚は老人のように艶を失い、もうその顔には否定しようもないほどはっきりと死相が現れていた。

「……山本くん、頼まれていたノートだ」

原は売店で購入したソ連製の薄いざら紙のノートを手渡した。ラーゲリの売店にはノートもインクも売っているのだった。ノートに一文字でも書いたら、没収されるというのに、おかしな話だった。

山本はぱっと表情を輝かせた。すぐさまちびた鉛筆で、ノートの表紙に「未来のために」と書きこむ。それがタイトルのようだった。

「私はね……松田さん。人間が生きるということはどういうことか、シベリアに来てわかった気がするんだ。私は共産主義者でも、もとより右翼主義者でもない。今の私の考えをしいて命名すると、第三の思想と呼ぶのがふさわしいかもしれない。今までとは違う思想が必要なんだよ。それを探したいんだ。右でも左でもない第三の思想、全体主義にあらず、個人主義にもあらず、東洋でも西洋でもない。未来の人たちのためにも、それを探し続けたいんだよ」

思わず圧倒されるような熱量で山本は語り続けた。その小さくなった体のどこに残っていたのだと思うような熱量だった。ノートを見つめる山本の表情には、焦燥感にも似た、張り詰めた空気が漂っていた。かつての飄々とした長屋の主人のような表情とは、まるで違っていた。

山本はおもむろにノートを開き、とりつかれたように鉛筆を走らせ始めた。

時折、激しく耳の奥が痛むらしく、その時は手を止め、じっと痛みを耐えている。そして、痛みが一時的に去ると、また猛然と書き始めるのだった。

山本はそのノートを寝台のシーツの下に隠し、少しでも気分のいいときに取り出しては書き進めるようになった。病室まではさすがに抜き打ち検査もない。

書いたものを人に読ませるのが好きな山本が、このノートだけはまだ書きかけだと、誰にも見せようとしなかった。松田はこのノートにかける、山本の並々ならぬ決意を感じた。山本は命を注ぐようにして執筆を続けていた。

山本は痛みを堪えながら、常に鉛筆を走らせていた。俳句が閃《ひらめ》けば、薬包紙に走り書きし、ふと言葉が思い浮かべば、ノートの切れ端に書き留めた。

ある日、松田はノートの切れ端を手渡された。

（終局に於《お》いて必ず正しきものが勝つといふ信念だけは、あへて人にゆづるものではない）

山本がどんな気持ちでこの走り書きを渡したのかはわからない。しかし、松田は自分の人生に必要な言葉だと思った。松田は抜き打ち検査で没収されないよう、ズボンの縫い目に大切にしまい込んだ。

山本との会話は次第に筆談が多くなっていった。

あれだけ大事にしていた句会も開けなくなった。しかし、それでも、選評だけは続けていた。まるで仕事のような真摯さで、山本は届けられたメンバーたちの俳句に目を通し、これぞと思う句を選んだ。

「時間が欲しい、時間がなさすぎるよ」

山本はかすれた微かな声で、何度も悔しそうに言った。

時間がないことは皆わかっていた。

それでも、せめて、この「未来のために」を書き終えるまでは。松田は看護をしながら、祈るように思った。体は日に日に弱っていたが、書き続ける限り、生き続けるのではないかと錯覚するような気迫が、鉛筆を手にした山本にはあった。

しかし、それは願望が見せる錯覚に過ぎなかった。

ある日、とうとう山本は血を吐いたのだった。

15

山本が血を吐いた夜、原は相談があると、松田、新谷、相沢の三人を集めた。

「山本くんに……遺書を書かせましょう」

原の言葉に、松田は息をのんだ。新谷は呆然とした顔で原を見ている。相沢はぐうっと何かを飲み込むと、猛然と食って掛かった。

「それがどういう意味だかわかってんのかよ」

「わかっていないと思いますか」

原は静かに応えた。抑えた言葉に、激しい悲しみと悔しさが滲む。相沢は言葉を失った。

遺書を書かせるということは、死の宣告をするということだ。懸命に生きようとしている山本に、死を覚悟させるということだ。

しかし、今しかないと原は感じていた。今ならまだ頭も働く。文字を書く体力もわずかながら残っている。しかし、もうしばらくすれば、遺書を残すこともできなくなってしまうだろう。

そのことは、交代で付き添い、間近に山本を見てきた三人にもよくわかっていた。

三人は原の提案を受け入れた。

そして、早速、次の日の夜、原はまっさらなノートを携《たずさ》え、病室を訪れた。

山本は「未来のために」を執筆していた。しかし、その手は力がなく、震えていた。文字も薄く、乱れている。

「山本くん……」

呼びかけたものの、言葉が続かなかった。

山本は促すように原を見つめた。

その顔は人相が変わるほどに削げ、首は風船玉のように膨らんでいる。もう時間はない……。原は改めて覚悟を決め、口を開いた。

「……遺書を書きなさい！　万が一のことを考えてです」

「万が一のこと」と付け足したのは、原の弱さだった。こんな言葉で、山本を誤魔化せるはずもない。山本は何かを思うように宙を見つめ、「わかりました」と息のような声で答えた。

原はがくりとうな垂れた。山本に死を突き付けたことで、原自身も改めて生々しく間近に迫った山本の死を感じた。大切な友人を失おうとしていた。

その肩に、ぽんと微かに何かが触れた。顔を上げると、山本が枝のような細い手を必死に伸ばしていた。励ますように、ぽんぽんと肩を叩く。羽根が触れたようだった。まるで重みを感じなかった。その軽さにぐっと胸が詰まり、原は必死で涙を堪えた。


原が去った後、山本は新しいノートを開いた。

遺書のためにと、原が用意してくれた新しいノートだ。

もう夜も遅い時間だ。しかし、山本は鉛筆を握り、震える手にもどかしさを感じながら、刻み込むように文字を綴った。

(到頭《とうとう》ハバロフスクの病院の一隅《いちぐう》で遺書を書かねばならなくなった……)

書くべきことは、残したいことは次々と浮かんだ。書き留める手が追い付かない。いつもは手を止めるような痛みが襲ってきても、山本は歯を食いしばって、その手を動かし続けた。

山本は夢中で鉛筆を走らせる。もう自分の体のことはほとんど忘れていた。一睡もせず書き続け、気づけば朝になっていた。

いつの間にか病室には、松田の姿があった。山本の集中を邪魔しないように、そっと気配を殺していたようだ。山本の視線に気づくと、黙ってぬるい水を手渡してくれた。誤嚥《ごえん》しないように、慎重に口に含む。喉は痛むが、熱っぽい体はひどく水を欲していた。

グラスを松田に返し、山本は再び、執筆を再開させる。

しばらくして、その手が止まった。

子供への遺書を書いているところだった。送ってもらった写真の顔を一人一人思い浮かべながら書いているうちに、顕一の受験のことが頭をよぎった。自分は受験の結果も知らないまま、死んでいくのか。そう思ったら、思いが溢れた。

理不尽だと思った。

子供の大事な場面に立ち会うこともできず、結果すら知ることができない。

癌になったことは、仕方のないことだ。どうしようもない。

しかし、山本には心配してくれる妻がいて、子供がいて、母がいる。それなのに、彼らと一日会うこともできず、遠い地で死んでいこうとしている。

理不尽だった。

それもこれも、戦争のせいだ。戦争という理不尽のせいだ。

人を殺してはいけない。人の自由を奪ってはいけない。人の尊厳を冒してはならない。

国籍や人種が違っても、ある程度、共通の認識を持っている「人間の当たり前」が、戦争となると、まるで通用しなくなる。ぐるんと反転しさえする。

山本は顔を上げる。松田はじっと山本を見ていた。

彼もまた、理不尽の犠牲者なのだと山本は思う。かつては先生だったのだと最近になって聞いた。きっと彼は穏やかないい先生だったのだろう。戦争がなければ、きっと彼はよき先生としての、よき息子としての、まったく別の人生があった。

二人はしばらく見つめあった。

「……戦争って、ひどいものですね」

山本はぽつりと言った。

ダモイの日を、誰より強く信じていた。しかし、もうそれは叶わないのだ。

家族とも、もう会えない……。

自分は戦争に囚われたまま、死んでいくのだ。

山本の目から、涙がこぼれる。溢れ出る涙を、松田は涙を堪えながら見つめる。それは松田が九年間で初めて見た、山本の涙だった。

作業を終えた原が病室に駆けつけると、山本はしっかりと起きて彼を待ち構えていた。

　原に向かって小さく頷くと、山本は無言で、ノートを開いたまま差し出した。大きな荒々しい字が綴られた遺書の凄みに、原は息をのんだ。

　残したい言葉が溢れてきたのだろう。遺書は膨大な量だった。ノートに十五ページにも渡って書かれている。遺書は全部で四通あった。「本文」が最初にあり、「お母さま！」「妻よ！」「子供等へ」とそれぞれに宛てたメッセージが綴られていた。

　山本は痛みと戦いながら、衰弱しきった体で、これだけの遺書をたった一日で書き上げたのだった。とても信じられなかった。

「確かに受け取りました」

　原は服の中に、預かったノートを大切にしまい込んだ。

　山本は頷いた。力を出し切った反動か、体はひどくつらそうだった。しかし、その表情は、持てる力を出し切ったというような不思議な静けさがあった。

「これは、あなたの家族に必ず届けます。それが私の贖罪《しょくざい》です」

「……そんなことを、あなたがこれからもずっと心に抱えていくとしたら、私は一生あなたを許しませんよ」

　昔のような気安い関係に戻ってからも、原の罪の意識は消えなかった。むしろ大きくなった。きっと、これからも消えることなく抱えていくのだろう。むしろ、抱えていくべきだと思った。それでも、山本の言葉はありがたく、うれしかった。

「私の家族にも笑顔で会ってください」

原は思わず涙ぐむ。

山本の家族に届けるまで、何があってもこの遺書を守り通すことを改めて固く心に誓った。

そして、すぐに原は松田たちと手分けして、遺書の写しを作った。抜き打ち検査で発見されれば、没収されてしまう。少しでもリスクを分散させるためだった。

あのストライキ以降、より検査は厳しくなった。抜き打ちで何度も検査が行われ、作業中にバラックの荷物を改められることさえあった。

手づくりの将棋盤や隠し持っていた雑誌など、どんなに知恵を絞って隠しても、容赦なく発見され没収された。ことに文書については厳しかった。俘虜郵便とスタンプの捺《お》されたハガキなど、決められた用紙のもの以外は、例外なく破棄された。

原たちは身体検査を終えた者に、監視兵の目を盗んでノートを手渡すことで、なんとか数日、ノートを守り切った。写しが完成した後は、その写しを何人かで分けて持つようにし、服の中の縫い目などに隠して、作業場にも持っていくようにした。

それだけ細心の注意を払って、隠し持っていたのだが、ソ連の検査は執拗だった。

山本が遺書を書き上げた二週間後、松田が隠し持っていたノートがついに見つかってしまった。

「やめてくれ！　それだけはやめてくれ！」

山本が渾身の力を振り絞って書いたノートだ。

松田は監視兵に必死に追いすがったが、銃床で激しく殴られた。

奪われた松田は泣いて悔しがった。山本から直接ノートを預かった原も、あの山本の魂のこもった文字が失われることを嘆いた。山本の書いた遺書を、本当はそのまま届けてやりたかった。ただ、それが難しいことは最初からわかっていた。それだけ、ソ連は日本人の書き記したものに神経を尖らせていた。

そして、その後も執拗な検査は続き、それぞれが隠し持っていた、遺書の写しまですべて見つかり、処分されてしまった。

松田は、服の中に隠した山本の走り書きを時々取り出しては眺めていたが、それすら取り上げられ、処分された。まったく自由のないラーゲリの中で、何かを隠すことができる場所など限られている。監視兵の目から逃れられる場所など、どこにもなかった。


遺書を書き上げた後、山本は眩暈に襲われ、激しく嘔吐するようになった。もう末端の血管や神経がやられていた。大きく膨らんだ喉は破れ、まかれた包帯には常にじくじくと血が滲んでいた。

それでも、山本は生きるのをやめてはいなかった。

シーツの下に隠したノートを取り出しては、震える手で「未来のために」の執筆を続けていた。

そんな山本を、皆が一丸となって支えた。

作業が終わったものから、争うように病室に顔を出す。山本が疲れないようにと、示し合わせて病室に入る順番を調整するほどだった。何より皆、山本に会いたいのだった。

毎日のように、誰よりも早く病室に駆けつけるのは新谷だ。

山本はメモを用意して新谷を待っていた。

（売店の方に「乳」がないか見て来て下さい。その他喰べられさうで美味しいものが見付かれば貴君の殊勲甲《しゅくんこう》）

序列を示すための記号である甲乙丙丁。甲といえば序列の一番上。つまり、殊勲甲とは最高の手柄のことだ。メモを手にした新谷はすぐさま売店へ飛んで行く。山本が食べられるような美味しいものがあることを願いながら列に並んだ。運よく牛乳を手に入れた日には飛んで帰って、山本に飲ませた。食の細くなった山本がわずかでも美味しそうに口にしてくれた時は、嬉しくてたまらなかった。

山本は意欲的に「未来のために」を書き進めていたが、しばらくしてとうとうシーツの下からノートを取り出さなくなった。

目は黄色く濁り、卵や牛乳さえもほとんど口にしなくなった。

そんな状態になってさえも、山本は句会の選評を続けていた。

こんな状態の山本に選評を任せるのは酷ではないかという意見もあったが、新谷が「山本さんはかえってそういう配慮をいやがりますよ」と主張したのだった。

メンバーたちの句を手渡すと、山本は黄色く濁った目で確かに全て目を通した。

そして、震える手で、いいと思った句に丸と二重丸の印をつけた。さすがに選評を書く力はない。「選のみ」とだけ、かろうじて読めるような薄い字で書き添えた。

その短い言葉が何とも悲しかった。山本の独特のユーモアが感じられるような選評を聞きたかった。皆が気づいていない句の良さを見出す山本の選評を、どれだけみんなが楽しみにしていたことだろう。皆、山本に選ばれようと励んできたのだ。

新谷は帰り際に、山本からノートの切れ端を渡された。

（死のうと思つても死ねない。すべては天命です。遺書は万一の場合のこと。小生勿論生きんとして闘争してゐる。希《のぞ》みは有るのですから決して一〇〇％悲観せずやつてゆきませう）

一体いつ書いたものなのか、赤鉛筆で走り書きされた文字は、乱れていて、判読するのがやっとだった。

新谷はその走り書きを、バラックの皆に見せた。皆、死を前にしてなお前を向く山本の姿勢に、ただ打たれていた。

松田に促されて走り書きを読んだ相沢は、何も感想を口にしなかった。ただ目を真っ赤にして、黙って宙を睨みつけていた。


天気のいい日だった。

山本は久しぶりにシーツの下からノートを取り出していた。なんだか少し体が軽かった。ここの所、うつらうつらとするばかりで意識がはっきりする時がほとんどなかった。苦痛もひどく、ただうめき声を上げ続けるしかなかった。

それが、今日は妙に穏やかだった。痛みはあるが、どこか遠く、ぼんやりと感じる。

山本は鉛筆を握った。手はぶるぶると震えている。一文字でも多く書き留めておきたかった。子供の頃から書くことが好きだった。言葉というものが好きだった。日本語を好きになり、ロシア語を好きになった。美しい言葉に、日本語も、ロシア語もない。

山本は手を止めて、窓の外を眺めた。

八月ももうすぐ終わろうとしている。窓から見える空は青く澄んでいた。冬の灰色の空とは違う、山本の好きなシベリアの空だった。

（空……ニィエバ）

山本は心の中で呟く。そして、微笑むと、ゆっくりと目をつぶった。するりと鉛筆が

いた。

その手から滑り落ちる。

カラカラカラと軽い音を立てて、鉛筆が転がっていく。

近くで丸くなっていたクロが、弾かれたように起き上がり、何かを知らせるように鳴いた。

一九五四年八月二十五日午後一時三十分に、山本は息を引き取った。享年四十五だった。

松田も原も相沢も新谷も皆、作業に出ていた時間だ。山本はひとり、ひっそりとその生涯を終えた。

作業を終え、知らせを受けた原たちは病室に駆けつけた。

山本はもう冷たくなっていた。

さらに一回り縮んでしまったような小さな体にすがって、皆、泣き崩れた。相沢もはばかることなく声を上げて泣いた。

クロも一緒になって鳴いていた。

松田が床に転がっていた鉛筆を拾い上げる。山本の手は鉛筆を握るような形で固まっていた。執筆中にちょっと鉛筆を落としたばかりといった感じだった。

しかし、いつも書いていたノートがない。いつも隠していたシーツの下にもなかった。

「未来のために」は、既に監視兵に見つかり持ちさられていた。山本が最後まで命を傾けて執筆していたものが、あっけなく失われたことに、原たちは呆然とした。

山本が見せることも嫌がっていたので、原たちが一時預かるようなことは考えもしなかった。もっと気を付けておくべきだった。悔やんでも悔やみきれなかった。

すべてがあっけなかった。

看護係や監視兵の手によって、山本のもともと少ない荷物は処分され、遺体は運び出された。

そして、山本はシベリアの大地に埋められることになった。

日本人墓地はラーゲリから一キロほど離れたところにあるロシア人墓地の片隅にあった。ほとんど管理はされておらず、雑草が生い茂った中に、くちかけた白樺の木で作った墓標が点在している。墓標には氏名や死亡年月日の記入は許されず、整理番号のみが記されていた。山本もまた、死後になって「45」という番号を与えられていた。この番号だけを刻んだ墓標のもとに山本は眠るのだ。

原たちは古材を集めて作った棺の中に山本を寝かせ、トラックまで運んだ。棺のあまりの軽さが、悲しかった。

捕虜たちは全員でトラックを見送った。

クロも一緒になって見送っていたが、いきなりトラックの後を追って走り出した。離されそうになっても、懸命に走り続けている。そしてそのまま、見えなくなってしまった。

その日以来、クロは帰って来なかった。

皆口々に、クロは山本を追って行ったのだと言った。そう信じたくなるほど、病に倒れて以降、クロは山本に寄り添い続けていた。

監視兵の話によると、クロによく似た犬が、日本人墓の前に座り、じっと見つめていたという。皆、それがクロだと信じた。

そして、山本の死後まもなく、一通のハガキがラーゲリに届いた。それは、ずっと山本が案じていた長男・顕一の東京大学合格を知らせるモジミからの手紙だった。

16

ソ連に抑留された者たちを乗せる、最後の引き揚げ船がナホトカ港に着いたのは、終戦から十一年が経った一九五六年冬のことだった。

一九五四年、首相となった鳩山一郎は、日ソの国交回復に自らの政治生命を賭けていた。ソ連が北方領土をめぐる領土問題を前面に押し出したことで、日ソの関係はしばらく膠着《こうちゃく》状態にあったが、一九五六年になって大きく動いた。モスクワで日ソ交渉が開かれ、日本とソ連は日ソ共同宣言と通商議定書に調印。ソ連の国内法で戦犯とされた日本人抑留者全員の釈放が急遽《きゅうきょ》決定したのだった。

その決定を受け、すぐに捕虜たちは船が待つ、ナホトカ港に移送された。ついにすべての捕虜たちのダモイが現実のものとなったのだ。

しかし、突然のことに、捕虜たちは本当にダモイなのかと半信半疑だった。松田や相沢のように、帰国の途中で列車を降ろされた経験のある者も少なくない。

しかし、列車は止まることなく、ナホトカ港に到着した。

ナホトカ港には赤十字の旗を掲げた船が停泊していた。

船体には「興安丸《こうあんまる》」と書かれている。その文字を見た途端、捕虜たちは「日本の船だ！」と歓声を上げた。

松田は船をじっと見つめた。

本当に帰国できるのだという実感がようやく湧いてきた。

原も新谷も相沢も無言で船を見つめていた。十一年分の思いがどっと込み上げてきて、言葉にならなかった。

タラップが下ろされた。捕虜たちはひとりひとり嚙み締めるようにのぼっていく。そこには見えない国境があった。今この瞬間、国境を越えるのだと思うと、足が震えた。

「ご苦労様でした」

乗船した捕虜たちに、玉田船長と船員たちが、深々とお辞儀をした。

本当に帰ることができるのだ。ラーゲリに連れ戻されるかもしれないという、張り詰めた気持ちがようやく緩み、松田は少しよろける。視界は涙で滲んでいた。

どんという衝撃と共に、息が詰まるような抱擁を受ける。相沢が縋《すが》るようにして松田に抱き着きながら、泣いていた。感極まった松田もすべてを忘れ、抱擁を返す。

視界の隅で、珍しくひどく慌てた様子の原が、船室の方へとすごい勢いで走っていくのが見えた。


タラップが引き上げられ、汽笛が鳴った。ガラガラガラと錨《いかり》を巻き上げる音がする。

船はゆっくりと港を離れた。砕氷船《さいひょうせん》が切り開いた氷海を日本に向けて進んでいく。

頰を叩く海風が痛いほどの冷たさだったが、皆、甲板に立って、遠ざかっていくシベリアの大地を見つめていた。原の姿だけそこになかった。原は乗船以来、ひとり船室にこもりきりになっている。

松田は雪で覆われた白い大地をじっと見た。ラーゲリでの日々が遠ざかろうとしていた。十一年の間に一体、どれだけの人を見送ってきたことだろう。

帰国直前に、亡くなった人も少なくなかった。自ら命を絶つ者もいた。

（私は暗い影をもって日本へ帰りたくはありません。日本人の皆様、長いあいだお世話になりました）

自殺した男の遺体には、そう走り書きしたメモが残されていたという。帰国後、ソ連の協力者になるように強要され、それを苦にした自殺だったのだ。

その時、松田は山本が生きていたらと痛切に思った。

かつて何かの拍子に自殺が話題に上った時、山本はきっぱりとこう言ったのだった。

「私はね、自殺なんて考えたことありませんよ。こんな楽しい世の中なのに、なんで自分から死ななきゃならんのですか。生きていれば、必ず楽しいことがたくさんあるよ」

自由を奪われ、厳しい労働を強いられ、過酷な懲罰を受けてなお、そんなことを言うのかと、その時はやはり正気ではないと半ば呆れていた。今思えば、あの言葉を山本はその生涯をかけて体現していた。生きることは楽しいのだと身をもって示していた。

苛烈なソ連からの圧力と母国との思いで板挟みとなり、苦しんでいた男にどんな言葉や行動なら届いたのか想像もつかない。しかし、松田はつい、山本が生きていたらと思ってしまったのだった。山本が亡くなって、何度そんな風に思ったことだろう。ここに山本がいたならと、ふとした瞬間に思うのだった。

松田は、シベリアの凍土の下に眠る人たちのことを思い、そして、誰よりもダモイを信じ続けた男のことを思う。

一緒に、この日を迎えたかった。そう心から思った。

「……なんだ。そんな顔して。嬉しくねえのか」

ふと横を見ると、相沢が立っていた。そう言う相沢の顔も、さっき爆発させたような手放しの喜びはない。珍しく神妙な面持ちで、手すりにもたれながら、シベリアの大地を眺めていた。

「ラーゲリで亡くなった人たちのことを思うと」

俯きながら松田が正直に答えると、相沢もまた海面に視線を落とした。

言葉にせずとも、相沢もまた、山本のことを思っているのがわかった。

シベリアの大地は少しずつ遠くなっていく。

「クロ……」

不意に新谷が声を上げた。あの日以来、二度と戻らなかったクロの存在は山本の記憶と密接に結びついている。「もうあの犬のことは……」と相沢が顔をしかめると、新谷は大きく首を振って、ある一点を指差した。

「クロだ！」

流氷の上に見える黒い点。それはよくよく見れば、黒い犬だった。

犬は流氷を飛び移るようにしながら、こっちに向かって必死に駆けてくる。

遠目にはそれがクロかどうかはわからない。しかし、甲板にいる者たちは、口々にクロ、クロとその名前を呼んだ。

犬はその声に応えるようにまっすぐに走り続ける。しかし、流氷が割れ、その体は冷たい海に投げ出された。

甲板に悲鳴が上がる。

しかし、犬は諦めることなく、船に向かって泳ぎ始めた。

「岸に戻れ！　死んじまうぞ！」

相沢が怒鳴りつける。冷たい冬の波にもまれ、その体は時折、海中に沈む。しかし、犬は諦めようとしなかった。

「クロ！」

新谷は手すりから大きく身を乗り出して叫んだ。

「バカ野郎、お前も死んじまうぞ！」

相沢が慌てて、その体を抑える。新谷は手を伸ばすのをやめようとしなかった。

「山本さんだ……」

真剣な目で犬を見ながら、新谷はきっぱりと言った。

「クロは山本さんたちの想いを乗せてるんだ」

犬は必死に泳ぎ続けている。

その瞬間、松田は確かにその犬がクロだと確信した。クロが山本たちの想いを乗せているということも。諦めることなく船を目指すその姿に、必死に生き続けた山本の姿が重なった。

「……クロ。クロ！」

気づけば叫んでいた。

「来い！　一緒に日本に帰ろう！」

クロは必死に泳ぎ続けているが、船との距離はなかなか縮まらない。それどころか、距離はどんどん開く一方だ。その小さな体は、今にも冷たい海に引きずり込まれてしまいそうに見えた。

「停めてくれ！　クロを置いていかないでくれ！」

他の捕虜たちも声を上げる。その声は船長にまで届いた。

船のエンジンが止まる。船員たちは縄梯子を下ろし、今にもおぼれそうなクロの体をすくい上げた。

待ち構えていた新谷が、船員からクロを抱き取る。さっきまで必死に泳ぎ続けていたクロはピクリとも動かなかった。その毛はバリバリに凍り付いている。新谷は構わず抱きしめた。体温を分けるようにして、必死にその名を呼ぶ。

その時、クロが小さく鳴いた。

新谷の顔がぱっとほころぶ。

「生きてる！　クロは生きてるぞ！」

甲板に、咆哮《ほうこう》のような喜びの声が響き渡った。

ずっとどこにいたのか、どのようにして生き延びていたのか。クロはラーゲリにいた時よりもさらに痩せていた。

しかし、確かに生きている。その薄い腹は呼吸に合わせて、動いていた。

「山本さん……ダモイです」

クロをじっと見つめながら、松田は呟く。

梯子を引き上げた船は、またゆっくりと動き出した。


船は一路日本海を南へと進む。

新谷はクロと共に甲板に出て、夜の海を眺めていた。

船の中からは、酔いのにじんだ笑い声が響いてくる。用意されていた夕食の膳に徳利《とっくり》が並んでいたのだ。十一年ぶりの日本酒だ。皆、夢中になって飲んでいた。膳には他に、赤飯と鯛の尾頭《おかしら》付きと刺身といった目を見張るようなご馳走が用意されていた。夢にまで見た祖国のご馳走に、舌鼓《したつづみ》を打ったが、皆、あまり多くは食べられなかった。長い捕虜生活の中で、胃が小さくなっていたのだ。それでも、杯《さかずき》を傾けながら、少しずつ祖国の味を楽しんだ。

祖国の心尽くしに、新谷は圧倒された。本当のこととは思えないほどだった。

ついこの間まで、黒パンの耳を奪い合っていたのだ。酔っぱらって寝てしまったら、ラーゲリで目を覚ますんじゃないかと思うとぞっとした。

新谷は、酔いを醒ますために甲板にふらりと出た。すると、すかさず、クロが影のようについてきたのだった。

船員が用意してくれた牛乳を飲み、クロはすっかり元気を取り戻していた。

朝にナホトカ港を出港してから、二度目の夜だった。

行く手にいくら目を凝らしても、暗闇が広がるだけで、島影らしきものは見えない。しかし、日本に着くのはもうすぐだ。新谷は肌で感じていた。

雪が降り続いている。その雪はシベリアの乾いた粉雪とはまるで違っていた。水分を含んだ、どこか温かさすら感じる雪だった。

気づけば、遠くに小さな明かりがいくつも明滅していた。漁師だった新谷はそれが漁《いさり》火《び》だとすぐにわかった。

「海原《うなはら》の沖辺にともし漁《いざ》る灯は明かしてともせ大和島見む」

新谷は思わず万葉集の中の一首を口にしていた。暗くて、日本の姿がよく見えない。

漁火がもっと明るく照らしてくれればいいのにと願う歌だ。

　山本が教えてくれた歌だった。

（これは私たちのダモイの日の歌ですよ。まだ海上は暗いけれど、遠く黒く見えるあの島山は日本ですよ。ほら、点々とまばたいているのは漁火ですね。わあっ、いいなあ、素晴らしいなあ）

　蚕棚に寝そべりながら、遠くを眺めるように手をかざして、山本は言った。まるでその光景が目の前にあるような口ぶりだった。

　実際に、この目の前の光景を見たら、山本は何と言ったのだろうと新谷は思う。その隣にいたかった。一緒に、ダモイの日の歌を、口にしたかった。

　船内からはまだ男たちの陽気な笑い声が聞こえてくる。

　新谷は漁火を眺めながら、クロの耳の後ろを撫でてやる。クロはすりすりとその体を寄せた。


　ナホトカからの最後の引き揚げ船が舞鶴港に到着するという知らせは、日本中を駆け巡った。

　モジミのもとにも大宮市の市役所から、夫が帰国すると直接連絡があった。

　顕一の受験を心配するハガキが届いたきり、山本からのハガキは届いていない。臥せっていると手紙にあっただけに、モジミはずっと気を揉んでいた。

しかし、ついに帰ってくるのだ。

最後に山本と会った時から十一年が経ち、モジミはもう四十七歳になっていた。お互いどれだけ年を取ったことだろう。

久しぶりに山本の目にうつる自分の姿が気になって、興安丸が着港する日、モジミは念を入れて身支度を整えた。きっちりと髪をまとめ、よそゆきの着物に袖を通す。

子供たちにもこぎれいな格好をさせた。

「お父ちゃん帰ったら、お家は金持ちになるよね」

末っ子のはるかは無邪気にはしゃいでる。父と別れた時、一歳だったはるかは、山本の顔を写真でしか知らない。しかし、父親というものに憧れのような気持ちがあるのだろう。父親に会うのが待ちきれない様子だった。

しっかりと成長した兄たちは、それぞれどこか緊張している。久しぶりに会う父に、どういう顔をすればいいのか戸惑っているようだった。

無理もない。いつもよりも丁寧に化粧を施しながらモジミは思う。

鏡の中の自分の顔はどこか不安げに見える。ずっと諦めることなく抱き続けてきた希望が、やっとこの日、叶おうとしている顔とは思えない。モジミは無理やりに笑顔を作った。

その時、玄関から呼ぶ声がした。モジミは慌てて、立ち上がる。気づけばもう出なければならない時間が迫っていた。

玄関にいたのは電報配達員だった。モジミは手渡された電報を受け取り、港に行くまでの段取りを頭の中で整理しながら、何の気なしに封を開ける。

そして、へなへなと座り込んだ。

「モジミさん」

どれだけ時間が経ったのだろう。山本の母マサトの呼ぶ声がした。もうすっかり出かける支度を終え、バッグを手にしている。

「なにしてるの。早く行かないと」

モジミはぺたんと座り込んだまま、低い声で告げた。

「舞鶴には……行きません」

モジミは握り締めていた電報をマサトに手渡す。文面に目を通して、マサトは息をのんだ。

「……そんな」

それは山本の死を知らせる電報だった。

母と祖母の様子から何かを感じ取ったのだろう。すでに靴に履き替えて、待っていた子供たちは不安そうにモジミを見た。

モジミはしゃんと背筋を伸ばす。そして、感情を押し殺した声で告げた。

「……お父さんは、亡くなりました。でも心配ありません」

しかし、なんとか母としての顔を保てたのはそこまでだった。

次の瞬間には、その脆《もろ》い仮面は砕けていた。モジミは庭へと飛び出した。

ぴしゃんと後ろ手に戸を閉め、猫の額のような小さな庭に一人になる。

そして、モジミは……泣き崩れた。

(すぐにまた会える。日本で落ち合おう)

そう口にした、あの日の山本の言葉を信じていた。

必死で、歯を食いしばって信じ続けてきたのだ。湧き上がる不安を押しつぶし、周りの心配を笑い飛ばし、ただあの言葉にしがみついた。

そうでもなければ、闘い続けられなかった。

もう山本のことは諦めた方がいいと、言われることは少なくなかった。

しかし、モジミは誰に何を言われても、待つことをやめるつもりはなかった。

山本からのハガキが届いた時には、ほらやっぱり、と得意な気持ちになった。

あの人は約束を大切にする人だ。だから、きっと帰って来てくれる。

その希望が、モジミを支えていた。また会える日を信じていたから、頑張れたのだ。

「……嘘つき」

モジミは山本を詰《なじ》った。地面に何度も何度も拳を叩きつける。

本当は、不安だったのだと聞いてほしかった。無我夢中で闘い続けた日々を、ほめてほしかった。

でも、もうそんな日は決して訪れない。

モジミは声を上げて泣いた。年端も行かない少女のように、泣き続けた。

モジミが泣くのは、山本と生き別れてからこれが初めてのことだった。

17

年が明け、終戦から十二年目となる新しい年が始まった。

一月半ばのその日は、ひどく底冷えのする日だった。

モジミは台所で、マサトと共に夕食の支度をしていた。

山本のことで泣いたのは、知らせを受けたあの時だけだ。四人の子供たちに、それぞれが望むしっかりとした教育を受けさせてやらなければならないのだ。くよくよと泣いている暇はなかった。

日本で会おうという山本の約束は果たされなかった。しかし、教育だけはしっかりやってほしいという山本との約束は残っている。この約束だけは守りたかった。

モジミは新聞紙にくるまれた白菜を手に取った。新聞に書かれた、「もはや戦後ではない」という見出しが目に飛び込んでくる。「経済白書」の序文に書かれたこの言葉は、戦後復興の終了を宣言した言葉として、一躍流行語になっていた。

モジミにはどうもぴんと来ない言葉だった。

日本経済は戦前の水準まで回復しているのだと言うが、モジミたちは教育にお金をかけていることもあり、未だに余裕がある生活をしているとは言えない。何より、戦後どころか、戦争がまだ終わっていないという感覚がどこかにあった。山本の死を知らされてなお、その気持ちは残っている。

自分にとっての戦争は、もうこのまま終わらないのかもしれない。

モジミはこそっとため息をついた。居間ではるかに勉強を教えていた顕一が、ぱっと気遣うような視線を向ける。もともと人の心の機微《きび》に聡《さと》いところがある子供だったが、山本の死を知らされてから、一層、モジミに気を配るようになった。

モジミは子供たちの目を意識して、きびきびと体を動かす。

野菜の皮をせっせと剝《む》いていると、居間からはるかの声が聞こえてきた。

「……ねえ、お兄ちゃん、お父さんてどういう人だったの？　私、全然覚えてない」

あどけない声に胸の奥がぎゅっとした。顕一が優しく答える。

「一歳だ。仕方ないよ」

「僕も、なんとなくしか……」

誠之も悔しそうに言った。

しかし、顕一も「どういう人だったのか」という問いにはうまく答えられなかった。物心ついていたとはいえ、顕一だってまだ子供だったのだ。どんな人かわかるほど山本を知っているはずもない。大体、山本がどういう人かなんて、モジミにもうまく説明できる自信はなかった。

また、ちらりと「もはや戦後ではない」という新聞の見出しが目に入り、モジミは反射的にくしゃくしゃと丸める。

その時、「山本さんのお宅でしょうか」という声が、外から聞こえてきた。

モジミは手を拭きながら、慌てて、玄関に向かう。

玄関には長身の男が立っていた。見知らぬ男だ。しかし、知性を感じる穏やかそうな雰囲気に、モジミは少し緊張を解いた。

男は原と名乗った。ソ連の収容所で山本と一緒だったのだという。

「私の記憶してきました、山本幡男さんの遺書をお届けに参りました」

「……記憶？」

モジミは思わず聞き返していた。記憶してきた遺書とはどういうことだろう。不思議そうなモジミの顔を見て、原はふっと微笑んだ。

「どうやら、私が最初に遺書を届けに来たようですね」

長い話になりそうだった。モジミは原を家にあげ、お茶をすすめた。

原はお茶に形ばかり手を付けると、何かに急かされるように話し始めた。

「私は山本くんに遺書を託されました。でもラーゲリ内では、没収される恐れがあったのです……」


山本から遺書を託された後、原は松田、新谷、相沢と協力して、監視兵たちの荷物検査から、そのノートを隠し続けた。

既に検査を受けた者に、監視兵の目を盗んで、ノートを手渡す。そうして、何食わぬ顔で、検査を受けるのだ。しかし、この先、帰国するまで続けていくには、あまりにも綱渡りな方法だった。

「山本さんの遺書も、このままじゃ……」

松田が不安を吐露《とろ》する。原は、突然、遺書の書かれたノートを破り始めた。

「なにすんだ」

相沢は慌てて止めようとしたが、原は別にノートをびりびりにしようとしているわけではなかった。四つに分けようとしただけだ。

「遺書は全部で四通です」

原は、「本文」「お母さま！」「妻よ！」「子供等へ」と、それぞれに題のつけられた四通の遺書にノートを分けたのだった。原は「本文」を残して、残りの三通を三人にそれぞれ手渡した。

「各自、分散して、保管しましょう。これだけは絶対家族に届けなければなりません」

原の潜めた声に、松田たちは力強く頷いた。

「作業に出た隙に抜き打ち検査もあります。常に身につけましょう」

「身体検査があったらどうすんだ」

相沢の懸念はもっともだった。監視兵たちがどんなタイミングでどんな検査方法を取るかは予測できない。

「……どこか隠せる場所はないですかね」

松田の言葉に、相沢は「ラーゲリのどこにだよ」とイライラと吐き捨てた。

とりあえず、写しを作って、数を増やせば、没収されずに手元に残る確率は増えるが、発見される可能性も増えてしまうかもしれない。

眼鏡のツルなど、さすがに見つからないだろうと思うような隠し場所も、監視兵たちによって暴かれてきた。このラーゲリの中で、長い間、隠し続けるのは不可能に思えた。

この遺書を読んだ時、原は山本個人の遺書ではないと思った。ラーゲリで空《むな》しく死んだ人々全員が、祖国の日本人すべてに宛てた遺書なのだ。そう思った。

山本が気力を振り絞って書き上げたこの遺書を、処分されるわけにはいかない。

しかし、どう守ればいいのか見当もつかなかった。

原たちは重く黙り込んだ。その時、じっと三人の話を聞いていた新谷があっと小さく声を上げた。

「記憶しましょう」

「え？」

戸惑う松田に、新谷は興奮気味に繰り返した。

「記憶するんです。山本さんは言ってました。頭の中で考えたことは、誰にも奪うことはできないって」

そして、原たちは、遺書を記憶することにしたのだった。

ノートを持ち歩き、監視兵の目を盗んでは文章を確認する。そして、作業をしながら、記憶した遺書をそらんじてみる。そうやって少しずつ覚えていった。

バラックに戻ってからも、ひたすらに暗記を続けた。抜けているフレーズがないか何度も確認し、正しく覚えなおす。

すべてを暗記する前に、遺書を没収されたら、この計画はそこで頓挫《とんざ》する。監視兵に見つかる前に完璧に覚えなければと、皆必死になった。

そして、とうとう、松田の隠し持っていた遺書が、抜き打ち検査で見つかったのだった。

「やめてくれ！　それだけはやめてくれ！」

松田は必死に追いすがったが、銃床で殴られ、持ち去られてしまった。殴られ、くらくらする頭を押さえながら、松田は作業場に向かう隊列に加わる。

「大丈夫か」

原が小声で尋ねる。松田は頷いた。

「なんとか。……記憶は、できています」

原たち四人は頷きあった。その頃には皆、遺書をしっかりと記憶していた。しかし、ふとした瞬間に頭が真っ白になる。すべてを忘れてしまったのではないかと不安になる。遺書が没収され、確認できなくなるかと思うと、恐ろしかった。

しかし、その後、残りの遺書も相次いで発見され、没収されてしまった。

原たちはいつとも知れぬ帰国の日に備え、繰り返し暗唱し、記憶の中の遺書をひたすらに守り続けたのだった。

原は四人の中で一番記憶に不安を感じていた。年齢のせいか、自分が忘れっぽくなってきたように思えてならなかった。

だからこそ、原は帰還船に乗り込んだ途端、脇目もふらず、全速力で船内に飛び込んだのだった。

「紙と鉛筆を貸してください！」

船員に頼んで、紙と鉛筆を確保すると、そのまま船室に籠って、ひたすらに記憶の文字を紙に写し始めた。

そして、最後まで一気に書き写し、原はようやくほっと息をついた。緊張から解き放たれ、全身から力が抜ける。

ついに原はラーゲリから、山本の遺書を持ち出すことに成功したのだった。


「それが……、これです」

原はモジミに遺書を手渡した。モジミは押し頂くようにして受け取る。ちゃぶ台の上に広げると、子供たちとマサトが一斉に覗き込んだ。

二枚の便せんに、鉛筆で書かれた几帳面な字がびっしりと並んでいる。

モジミのよく知る、山本の癖の強い奔放な文字とは、当然のことながらまるで違っていた。

「山本幡男の遺家族《いかぞく》のもの達よ！」

突然、原が声を上げたので、モジミたちは思わずびくっとした。原は、それから、淀みなく続けた。

「到頭《とうとう》ハバロフスクの病院の一隅《いちぐう》で遺書を書かねばならなくなった。鉛筆をとるのも涙。どうしてまともにこの書が綴れよう！」

モジミは遺書の文字を目で追う。原が口にした言葉は、書かれている言葉と一言一句同じだった。

口をあんぐりとさせてモジミは原を見る。原は少し照れ臭そうにして、お茶を飲んだ。

本当に記憶してきた「遺書」なのだと、モジミは改めて思った。

モジミは居ずまいを正すと、一番目の遺書にあたる『本文』の文章を頭から読み始めた。

〈山本幡男の遺家族のもの達よ！

到頭ハバロフスクの病院の一隅で遺書を書かねばならなくなった。鉛筆をとるのも涙。どうしてまともにこの書が綴れよう！

病床生活永《なが》くして一年三カ月にわたり、衰弱甚《はなは》だしきを以《もっ》て、意の如《ごと》く筆も運ばず、思ったことの何分の一も書き表せないのが何よりも残念。

皆さんに対する私のこの限り無い、無量《むりょう》の愛情とあはれみのこころを一体どうして筆で現すことができようか。唯《ただ》、無言の涙、抱擁、握手によって辛うじてその一部を表し得るに過ぎないであらうが、ここは日本を去る数千粁《キロ》、どうしてそれが出来ようぞ。

唯一つ、何よりもあなた方にお願ひしたいのは、私の死によって決して悲観することなく、落胆することなく意気ますます旺盛に振起《しんき》して、

病気せざるやう

怪我をしないやう

細心の注意を健康に払って、丈夫に生き永らへて貰ひたい、といふことである。

健康第一。私は身を以てしみじみとこの事を感じました。決して無理をしてはいけない。少しでもおかしいと思ったら、身体の具合を予《あらかじ》め病気を防止すること。

帰国して皆さんを幾分でも幸福にさせたいと、それればかりを念願に十年の歳月を辛抱して来たが、それが実現できないのは残念、無念。この上は唯皆さんの健康と幸福とをお祈りしながら寂光浄土へ行くより他に仕方が無い。私の希《のぞ》みは唯一つ、子供たちが立派に成長して、社会のためにもなり、文化の進展にも役立ち、そして一家の生活を少しづつでも幸福にしてゆくといふこと。どうか皆さん幸福に暮して下さい。これこそが、私の最大の重要な遺言です。〉

山本の文字で書かれた遺書ではない。しかし、それは読み進めるうちに全く気にならなくなった。山本の声が聞こえてきそうな気さえした。それだけ、この遺書に書かれた言葉は、モジミがよく知る山本そのものだった。山本の言葉だと、ためらいなく断言で

きた。

食い入るように遺書を見つめるモジミたちを、原は笑顔で見守っていた。

（私の家族にも笑顔で会ってください）

山本の言葉を思い出し、込み上げる涙を必死に堪える。

「届けましたよ、山本くん……」

原はそっと呟いた。


二通目の遺書が届いたのは、それから数日後のことだった。

「山本さんの遺書を届けに参りました」

そう言って玄関に立っていたのは、どこか沈鬱な面持ちの青年だった。

松田と名乗る青年が、記憶して来た遺書は「お母さま！」という、マサトに宛てたものだった。

松田は言葉少なに、山本の遺書の一部を記憶し、書き写してきたことを告げると、すっと懐から遺書を取り出し、マサトの前に置いた。

マサトは震える手で、折り畳まれた遺書を開く。

それは、やはり山本の字とは違う、繊細で丁寧な字で書かれた遺書だった。

〈お母さま！

何といふ私は親不孝だったでせう。あれだけ小さい時からお母さんに（やはりお母さんと呼びませう）御苦労をかけながら、お母さんの期待には何一つ副《そ》ふことなく、一家の生活がかつかつやっとといふ所で何度もお母さんに心配をかけ、親不孝を重ねて来たこの私は何といふ罰当りでせう。お母さんどうぞ存分この私を怒って叱り飛ばして下さい。

この度の私の重病も、私はむしろ親不孝の罰だ、業《ごう》の報《むく》いだとさへ思ってゐる位です。誰も恨むべきすべもありません。皆自分の罪を自分で償《つぐな》ふだけなんです。だから、お母さん、私はここで死ぬることをさほど悲しくは思ひませぬ。唯《ただ》一つ、晩年のお母さんにせめてわづかでも本当に親孝行したい――と思ひ、楽しんでゐた私の希望が空《むな》しくなったことを残念、無念に思ってゐるだけです。

お母さんがどれだけこの私を待って、待ってゐなさることか。来る手紙毎《ごと》にそのやさしいお心もちがひしひしと胸に沁みこんで、居ても立ってもをれないほどの悲しみを胸に覚えたものです。唯の一目でもいいから、お母さんに会って死にたかった。お母さんと一言、二言交《かわ》すだけで、どれだけ私は満足したことでせう。十年の永い月日を私と会ふ日を唯一の楽しみに生きてこられたお母さんに、先立って逝《い》く私の不孝を、どうかお母さん許して下さい。

お父さんと弟の勉《つとむ》と、妹のキサ子と四人で、あの世に会ふ日が来れば、お母さんの事を話し合ひ、お母さんが安らかな成仏《じょうぶつ》を遂《と》げられる日を共に待つことに致しませう。あの世では、お母さんにきっと楽に生きていただかうと思ってゐます。

しかし、お母さん、私が亡くなっても決して悲観せず、決して涙に溺《おぼ》れることなく、雄々《おお》しく生きて下さい。だって貴女は別れて以来十年間あらゆる辛苦と闘って来たのです。その勇気を以て、どうか孫たちの成長のためにもう十年間闘っていただきたいのです。その後は少し楽にもなりませう。私がこの幡男が本当に可愛いと思はれるなら、どうか私の子供等の、即ちお母さんの孫たちの成人のために倍旧《ばいきゅう》の努力を以て生きて戴きたいのです。

やさしい、不運な、かあいさうなお母さん。さやうなら。どれだけお母さんに逢ひたかったことか！　しかし、感傷はもう禁物。強く強く、あくまでも強く、モジミに協力して子供等を（貴女の孫たちを）成長させて下さい。お願いします。〉

それはマサトが目にすることができるとは想像だにしなかった、息子の最期の言葉だった。「親不孝」だの「業の報い」だの、山本が自分を責める言葉に、マサトは何度も首を横に振り、孫のためにもう十年闘ってほしいという、息子らしい甘えの滲む言葉には思わず、微笑んだ。そして、逢いたかったという素直な言葉に、マサトは思わず涙ぐむ。

そんなマサトを、松田は目に涙をいっぱいためて、見守っていた。マサトを通してなにかを見ているように、時折ひどく懐かしそうな、切ないような顔をした。

全てを読み終えたマサトが、松田に向かって、深々と頭を下げる。その曲がった小さな背中を見た途端、松田の目からどっと涙が溢れた。松田は畳に突っ伏し、声を上げて泣く。マサトはそんな松田の肩に、優しく手をかけた。

松田はぽつりぽつりと自分の母のことを話した。その話をマサトは松田の肩をそっと摩りながら、じっと聞いていた。

モジミはその光景を少し離れて見つめていた。それは胸を締め付けられるような、しかし、なんとも言えず美しい光景だった。

母のことを話し終え、泣きやんだ松田は恥ずかしそうにしながらも、妙にすっきりした顔をしていた。

「……山本とは、どこで出会ったんですか。教えてください。もっと、山本のことを」

モジミが前のめりになって尋ねる。

ラーゲリの悲惨さはほんの一部だが、耳に入っていた。知らなくてはいけないと思いつつ、苦しい話を聞きたくないと耳を塞ぐ気持ちもあった。

しかし、原に会い、松田に会って、モジミの気持ちは変わりつつあった。

記憶してまで、山本の最期の言葉を残そうとしてくれた人たち。こんな人たちに囲まれていたのなら、過酷な日々の中でも、きっと笑顔の瞬間はあったのだと思えた。

山本が遠い異国の地で、どう生きたのか。少しでも知りたいというモジミの頼みに、松田は涙の跡をぐっと拭い、話し始めた。

「私が……、山本さんに初めて会ったのは、シベリアに向かう列車の中でした」

皆が暗い顔で俯いている中、実に楽しそうに「いとしのクレメンタイン」を歌っていたのだと、松田は話した。その時の光景を思い出したのか、松田の顔には自然と微笑みが浮かんでいた。

モジミも思わず微笑む。

山本をよく知るモジミは、まるで見てきたようにその光景を思い浮かべることができた。

モジミとマサト、そして子供たちは、山本の遺書を記憶したという人の訪れを心待ちにしていた。

この大宮の家を調べてわざわざ訪ねてくるのは、大変な手間だろう。しかし、モジミは残り二通の遺書も届けられることを信じた。

山本が信じて、遺書を託した人たちだ。きっと届けてくれると思った。

モジミが思った通り、数日後に黒い犬を連れた青年が大宮の家を訪れた。

一目見て、この人がそうだと直感した。

果たして青年は、「山本さんの遺書を……」と切り出した。モジミはもう待ちきれず「お待ちしておりました」と驚く青年を招き入れた。

「あなたで三通目です」

そう告げると、青年はぱっと満面の笑みを浮かべた。どこかまだ少年の雰囲気のある青年は、新谷と名乗った。犬はクロといって、帰還船についてきたシベリアの犬だと言う。

クロは外の柵にでも繋いでおいてもらおうかと思ったが、新谷は一緒にあがらせてほしいと、頭を下げた。戸惑うモジミに、新谷は、「クロは山本さんの想いを乗せてきているので」とごく真面目な顔で言った。クロと山本の関係について、身振り手振りを交えながら、熱心に説明する。にわかには信じがたい話だった。

しかし、モジミは信じることにした。

新谷という青年はつまらない嘘をつくような人物には見えなかったし、何よりモジミ自身が信じたかったからだ。

新谷はモジミが手渡した手ぬぐいで、丁寧にクロの足を拭い、揃って居間に入った。モジミはそこで初めて新谷が足を引きずっていることに気付いた。座布団で大丈夫だろうかとはっとしたが、新谷は慣れた様子で足を庇いながら胡坐をかいた。その横にクロがちょこんと座る。すべてをわきまえているように、じっと大人しくしていた。

新谷が記憶してきたのは、「子供等へ」という四人の子供達に向けた遺書だった。

庭でははるかの遊びに、顕一たちが付き合ってやっていた。

モジミは子供たちを居間に呼び、並ばせる。クロに気付いた誠之とはるかは、今にも撫でたそうにうずうずしていた。

子供たちを前にし、新谷はごくりと大きく唾を飲んだ。懐《ふところ》から大事そうに封筒を取り出す。

そして、四人の前におそるおそる差し出した。

「僕の字、読めないかもしれませんが」

顕一が封筒から遺書を取り出す。広げた便せんを、四人はわっと一斉に覗き込んだ。

癖のある字だった。山本の勢いのある字とはまた違う、まだまだ書きなれていない、ぎこちなさのある文字だった。しかし、新谷が心配するほど読みづらくはない。バランスは悪いけれど、その文字は一文字一文字時間をかけて丁寧に書かれているのがわかった。

「山本顕一　厚生　誠之　はるか」それぞれの名前が書いてあることにすぐに気づき、子供たちが顔を見合わせる。そして、夢中になって読み始めた。

〈子供等へ。山本顕一　厚生　誠之　はるか　君たちに会へずに死ぬることが一番悲しい。成長した姿が、写真ではなく、実際に一目みたかった。お母さんよりも、モジミよりも、私の夢には君たちの姿が多く現れた。それも幼かった日の姿で……あゝ何といふ可愛い子供の時代！

君たちを幸福にするために、一日も早く帰国したいと思ってゐたが、到頭永久に別れねばならなくなったことは、何といっても残念だ。第一、君たちに対してまことに済まないと思ふ。

さて、君たちは、之《これ》から人生の荒波と闘って生きてゆくのだが、君たちはどんな辛い日があらうとも光輝ある日本民族の一人として生まれたことを感謝することを忘れてはならぬ。日本民族こそは将来、東洋、西洋の文化を融合する唯一の媒介者、東洋のすぐれたる道義の文化――人道主義を以て世界文化再建に寄与し得る唯一の民族である。この歴史的使命を片時も忘れてはならぬ。

また君達はどんなに辛い日があらうとも、人類の文化創造に参加し、人類の幸福を増進するといふ進歩的な思想を忘れてはならぬ。偏頗《へんぱ》で矯激《きょうげき》な思想に迷ってはならぬ。どこまでも真面目な、人道に基《もとづ》く自由、博愛、幸福、正義の道を進んで呉《く》れ。最後に勝つものは道義であり、誠であり、まごころである。友だちと交際する場合にも、社会的に活動する場合にも、生活のあらゆる部面において、この言葉を忘れてはならぬぞ。

人の世話にはつとめてならず、人に対する世話は進んでせよ。但し、無意味な虚栄はよせ。人間は結局自分一人の他に頼るべきものが無い——といふ覚悟で、強い能力のある人間になれ。自分を鍛《きた》へて行け！　精神も肉体も鍛へて、健康にすることだ。強くなれ。自覚ある立派な人間になれ。

四人の子供達よ。

お互いに団結し、協力せよ！

特に顕一は、一番才能にめぐまれてゐるから、長男ではあるし、三人の弟妹をよく指導してくれよ。

自分の才能に自惚《うぬぼ》れてはいけない。学と真理の道においては、徹頭徹尾敬虔《けいけん》でなくてはならぬ。立身出世など、どうでもいい。自分で自分を偉くすれば、君等が博士や大臣を求めなくても、博士や大臣の方が君等の方へやってくることは必定だ。要は自己完成！　しかし浮世の生活のためには、致方《いたしかた》なしで或る程度打算や功利《こうり》もやむを得ない。度を越してはいかぬぞ。最後に勝つものは道義だぞ。

君等が立派に成長してゆくであらうことを思ひつつ、私は満足して死んでゆく。どうか健康に幸福に生きてくれ。長生きしておくれ。

最後に自作の戒名《かいみよう》

久遠院《くおんいん》智光日慈信士

〈一九五四年七月二日　山本幡男〉

子供たちは何度も何度も自分たちに向けた遺書を読み返した。

顕一は涙を拭いながら、父の言葉を心に刻んだ。東大に合格し、秀《ひい》でた者たちの中で何とか頭角を現そうともがいている今、父の遺した言葉はしみじみと重かった。「最後に勝つものは道義だぞ」顕一は心の中で繰り返す。近道ばかりを考えていた。しかし、とにかく早く出世しなければと焦っていた。父がいないこの家で、顕一はとにかく早く出世しなければと焦っていた。しかし、父の手紙を読んで、顕一は自分の幸福について初めてきちんと考える気になった。

父ともっとこういう話がしたかった。一緒に酒を飲みながら、語り合いたかった。

父が恋しかった。

顕一は久しぶりに子供に戻っていた。ただ父を思って泣いた。気付けば、クロがぴたりと寄り添ってくれている。顕一はクロの体をおそるおそる撫でた。

遺書は一番小さいはるかには、理解が難しいところも多いようだった。しかし、兄たちにあれこれ尋ねながら、自分なりに父の言葉を理解したようだった。

「お父さん……」

はるかが呼びかけるようにつぶやいた。すると、じっと座っていたクロがすっと立ち上がり、はるかの体にすりすりと額をこすりつけた。はるかはクロの体をぎゅっと抱きしめる。

子供の加減の無さで、はるかはぎゅうぎゅうと強く抱く。しかし、クロは不平を漏らすこともなく、じっと寄り添っていた。

子供達と一緒にいるクロの姿を見て、モジミはこの犬が山本に寄り添い続けたというのがわかる気がした。聡く、優しい犬なのだろう。

「……読めましたか、僕の字」

恐る恐る新谷が尋ねる。顕一は「もちろんです」と間髪いれず答えた。

「この手紙、一生大事にします」

「……良かった」

新谷は涙ぐみながら、にかっと笑った。

新谷は子供たちに、自分に字を教えてくれたのは、山本なのだと打ち明けた。ソ連の収容所では、監視の目を盗んで、一緒に俳句を作り、句会まで開いていたのだという話もした。

横で聞いていたモジミは、なんとも山本らしい話だと思った。困難な状況の中でも、わくわくと考えをめぐらしている姿が思い浮かぶようだ。

自分が学校で生徒を教えていた時に、山本もまた遠いシベリアの地で、同じようなことをしていたのだと思うと、不思議な気持ちがした。

新谷は落ち着いたら、山本の遺志を引き継いで、シベリアの句集を作りたいと思っていると打ち明けた。山本が詠んだ句も記憶して、持ち帰ってきたという。

「頭の中で考えたことは、誰にも奪えないって、教えてくれたのは山本さんなんです」

新谷はどこか少し得意げに話した。その山本の教えがあったからこそ、ソ連に遺書を奪われ、破棄されても、こうして記憶して持ち帰ることができたのだと。

「山本さんの言っていたことは本当でした。山本さんがくれたたくさんの言葉は、誰にも奪われることなく、僕の中に残っているんです」

句集ができたら一番に、お知らせします。そう告げた新谷のわくわくとした顔に、モジミは山本の魂の欠片《かけら》のようなものを感じた。こうして、あの人の想いが今も引き継がれ、生き続けているのだと考えてみる。ほんの少し心が慰められるような気がした。


そして数日後、大宮の家をまた一人の見知らぬ男が訪れた。

モジミは洗濯物を取り込んでいる最中だった。風にはためく大きなシーツと格闘している時に、ふと気配を感じ、振り向いたのだった。庭の出入り口に一人の男が立っていた。

男はこれまでモジミたちのもとを訪れた男たちとは雰囲気が大分異なっていた。どこか苛立っているような攻撃的な気配さえする。しかし、モジミの直感が、この男こそが四人目だと告げていた。

「……山本の」

モジミがおずおずと尋ねると、男は大きく頷いた。そしてぶしつけなほど、モジミをじっと見つめた。

「……俺は山本が嫌いだった。山本を認めたくなかった」

苦々し気に吐き捨てられた言葉に、モジミは思わず手にしていたシーツを、皺になるほど握り締めた。何を言われるのだろうと体が強張る。

「妻よ……」

男はまっすぐモジミを見つめながら語り掛けた。しかし、その目はモジミを見ているようで見ていなかった。その証拠に、きつく尖っていた目は、遠い記憶を懐かしむようにほんの少し和《やわ》らいでいた。

「妻よ！　よくやった！　実によくやった！」

相沢は近所に響くような大声でそう言った。モジミはただ目を丸くしている。

相沢はふっと笑った。

「……すまん。頭にこびりついて離れなくてな。この文章が。……あいつのこともだ」

あいつという言葉には仄《ほの》かに懐かしむような響きがあった。モジミはさっきこの男が「山本が嫌いだった」と口にしたことに気付いた。「嫌い」ではない。「嫌いだった」と確かに男は言ったのだった。

男はまだ威嚇するような態度を完全には崩していなかったが、モジミは体の力を抜いた。

この人は大丈夫だと思った。

男は突き出すようにして、モジミに封筒を渡した。四通目の遺書だった。

さっき、男が大声で口にした言葉が、裏うつりするほどの筆圧で書かれている。

モジミは男の存在も忘れて、自分に宛てて書かれた、最後の遺書を読み始めた。

〈妻よ！　よくやった。実によくやった。夢にだに思はなかったくらゐ、君はこの十年間よく辛抱して闘ひつづけて来た。これはもう決して過言ではなく、殊勲甲《しゅくんこう》だ。超人的な仕事だ。失礼だが、とてもこんなにまではできまいと思ってゐた私が恥しくなって来た。四人の子供と母とを養って来ただけでなく、大学、高等学校、中学校、小学校とそれぞれ教育していったその辛苦。郷里から松江、松江から大宮へと、孟母《もうぼ》の三遷《さんせん》の如く、お前はよくまあ転々と生活再建のために、子供の教育のために運命を切り拓いてきたものだ！

その君を幸福にしてやるために生れ代ったやうな立派な夫になるために、帰国の日をどれだけ私は待ち焦《こが》れてきたことか！　一目でいい、君に会って胸一ぱいの感謝の言葉をかけたかった！　万葉《まんよう》の烈女《れつじょ》にもまさる君の奮闘を讃《たた》へたかった！　ああ、しかし到頭君と死に別れてゆくべき日が来た。

私は、だが、君の意志と力とに信頼して、死後の家庭のことは、さほどまでに心配してはゐない。今まで通り子供等をよく育てて呉れといふ一語に尽きる。子供等は私の身代りだ。子供等は親よりもどん〳〵偉くなってゆくだらう。

君は不幸つづきだったが、之からは幸福な日も来るだらう。子供等を楽しみに、辛抱してはたらいて呉れ。知人、友人等は決して一家のことを見捨てないであらう。君と子供等の将来の幸福を思へば私は満足して死ねる。雄々しく生きて、生き抜いて、私の素《そ》志《し》を生かしてくれ。

二十二か年にわたる夫婦生活ではあったが、私は君の愛情と刻苦《こっく》奮闘と意志のたくましさ、旺盛なる生活力に感激し、感謝し、信頼し、実によき妻をもったといふ喜びに溢れてゐる。さよなら。〉

遺書にはずっとモジミが切望していた言葉があった。山本の言葉はまるで、モジミの苦闘をずっと見守ってきてくれていたかのように、心に寄り添ってくれた。「よくやった」と手放しで認める言葉も嬉しかった。そんな風にぽんとまっすぐな言葉をもらっただけで、報われたような気になった。

（君を幸福にしてやるために生れ代ったやうな立派な夫になるために）

そんな言葉にもどきっとした。こんな言葉を照れもなく、伝えてくれる人だったろうか。

文学やら政治やらロシアやら、興味があることには、驚くほど饒舌《じょうぜつ》で、圧倒されるほどなのに、肝心な時にその舌はじれったいほど動かなくなってしまう人なのに。

あの時だって……。

モジミは思い出す。二十五年前のことだ。隠岐島で落ち合った二人は海岸を散歩していた。久しぶりの逢瀬だというのに、二人ともほとんどしゃべらなかった。流木に並んで座った時も、ただ黙って一緒に空を見ていた。

その日、朝からモジミは気を揉んでいた。お互いの気持ちはなんとなくわかっていた。それなのに、山本は結婚の申し出を一向に口にしないのだ。時々、何かを言いたげに自分の方を見ているのには気づいていた。しかし、問いかけるように視線を返すと、ぱっと逸らしてしまうのだった。

どういうつもりなのかしら。モジミはいらいらとした。

この人はいつ結婚を言い出すのだろうと、そんなことばかりが気になっていたけれど、一緒に空を眺めているうちに、いつしか気が抜けていた。

自分は何を焦っていたんだろうと思う。鳥の声や波の音に耳を傾けながら、沈黙を共有するその時間は心地よかった。

この人と人生を生きていきたい。さっきまでとは全く違う感覚で、モジミは山本との結婚を考えるようになった。

「あの……」

だから、山本が口を開いた時は、同じ気持ちなのだと嬉しかった。しかし、「はい」と笑顔で応えたモジミに、山本は明らかに何か言葉を飲み込んで、「……帰りましょう」と促した。

モジミは心底がっかりした。しかし、次の瞬間、妙に力が湧いてきた。この人と生きたいという気持ちは自分の中ではっきりとしている。だったら、ただ待つのではなく自分から手を伸ばそうと思った。

「結婚しましょう」

二人の言葉はまったく同時だった。同じ言葉がまったく同じタイミングで飛び出した。

モジミと山本はしばらく互いを見つめあい、揃って吹き出した。

そうして、二人は結婚を決めたのだ。

だから、結婚の申し込みは山本からではない。モジミからでもない。二人は同時にプロポーズしたのだった。

結婚してからも、山本は思いを言葉にすることはほとんどなかった。はっきりと言葉にしてほしいと思うこともあった。しかし、本当はただ黙って一緒にいるだけでよかったのだ。

山本との間に流れる沈黙はいつだって雄弁だった。

届けられた言葉は嬉しい。一言残らず、自分の記憶にも刻みたいほどに、嬉しい。

それでも、やっぱり、また黙って一緒にぼんやりと空でも眺めたかったと思わずにはいられなかった。

〈二十二か年にわたる夫婦生活ではあったが、私は君の愛情と刻苦奮闘と意志のたくましさ、旺盛なる生活力に感激し、感謝し、信頼し、実によき妻をもったといふ喜びに溢れてゐる。さよなら。〉

モジミはもう一度遺書を読み返した。さよならという文字を目でなぞる。

さよならか、と思った。さよならなのだ。

山本とモジミの間で、これまで、さよならなどと改まって告げたことがあっただろうか。

もう二度と会えない。だからこそのさよならなのだ。

そう思ったら、じわじわと涙が滲んで、モジミは慌てて涙を散らそうとする。

その時、白いシーツが風で大きくふわりと舞った。

モジミは息をのむ。

そのシーツの向こうに山本の姿が見えた。

ぱりっとした、小粋な白い背広姿で、まっすぐにモジミを見つめている。プロポーズの時の姿そのままだった。丸眼鏡の奥の目を細めて、微笑んでいる。

モジミと山本はじっと見つめあった。目を逸らしたら消えてしまいそうで怖かった。息さえも詰めているモジミに、山本が告げた。

「……さよなら。ありがとう」

強い風がざあっと吹き、シーツがまたふわりと大きく膨れ上がる。風が収まった時には、山本の姿はもうどこにもなかった。モジミは遺書を胸に強く抱きしめる。そして、目にいっぱい涙を溜めながら、笑顔で言った。

「お帰りなさい……お帰りなさい、あなた」

モジミの目にはもう遺書を記憶してきた男——相沢の姿はうつっていない。相沢はモジミに背を向け、シーツの陰で声を殺して泣いていた。

モジミはしっかりと遺書を胸に抱えたまま、空を見上げる。

ようやく、モジミの中で長い長い戦争が終わろうとしていた。

気づけば、ほとんどのスピーチは終わり、孫の由美の披露宴はそろそろ終わりの時が近づいていた。

どうやら、父・幡男と参列した結婚式のことを思い出しているうちに、どっぷりと思い出に浸《ひた》っていたようだ。

長い旅を終えた後のように、頭の芯が少しぼうっとしていた。

「では次に、新婦の祖父である山本顕一様より、お言葉をいただきます」

司会の言葉に老人――顕一は立ち上がった。

ゆっくりとマイクに近づいていく。由美の顔は少しだけリラックスしたように見える。顕一はほほ笑みかけたが、マスクをしていたので、由美には伝わらなかった。

マスクは役に立つものなのだろうが、相手が微笑んでいるのか唇を嚙み締めているのかさえ分からないのは本当に不便だ。

顕一はマイクの前に立つと、マスクを外し、おもむろに話し始めた。

「……今日の東京の空は雲一つありません」

　顕一は窓から見える空を見上げる。窓からは柔らかな日の光が差し込み、相変わらず新郎新婦を照らしている。

「空は青く、鳥の声や風の音が聞こえました。素晴らしい門出の日です。素晴らしい結婚式です。おめでとう、由美。由美のその晴れ姿を見て、私は、昔の結婚式を……、父のことを思い出していました」

　もう七十七年も前のことだ。それでも、あの日の光景は、今もなお顕一の中で燦然《さんぜん》と輝き続けていた。

「どういう状況におかれてもなお人間らしく生きるとはどういうことか。父は、それを多くの人々の記憶の中に遺した人でした。その生き方こそが、父が私に遺した未来でした」

　父が最期まで書き続けていたという「未来のために」というノートは、誰かが記憶に残す前に、失われてしまったという。しかし、父の人生は、その生き様はしっかりと残った。ラーゲリで共に生きた人々の記憶に刻まれた父の姿は、様々な形で顕一たちにも伝えられた。誰の記憶の中でも、父は見事なまでに父だった。人生を愛し、人を愛し、家族を愛し、言葉を愛し、決して、希望を捨てなかった。

　人生に迷う度、大事なものを見失いそうになる度、顕一は父の人生を思った。人間らしく生きるという基本に立ち返れば、大抵の答えは見つかった。

自分は父が願うような「未来」を生きられただろうか。

この国は、この世界は父の思う「未来」に進んでいるのだろうか。

わからない。しかし、父が遺してくれた「未来」があったからこそ、今の自分がある。それだけは確かだ。

今度は、自分が遺す番だ。

「私も……、その思いを孫に伝えたい」

顕一は由美を見つめ、にっこりと笑った。マスクを外した今、その笑顔は由美にしっかりと伝わった。由美も幸せそうな笑みを返す。

「よく覚えておくんだよ。今日という日を」

由美は涙ぐみながら頷いた。

家族でも、恋人でも、友人でも、会いたい時に会えるというのは、決して当たり前のことではない。

明日もまた一緒に笑っていられるかなんて誰にもわからない。だから、大切に記憶にとどめておくのだ。誰にも奪われない隠し場所に、大切に大切にしまっておく。

ハルビンでのあの一日を、顕一は何度思い返したことだろう。

家族で過ごした、あの素晴らしい一日。

まだその価値もわからず、ただ目の前のご馳走に夢中になっていたあの日。

「顕一、厚生、誠之、はるか……は、まだわからないか」

料理を食べる自分たちを見ながら、父が苦笑したその顔を覚えている。

「よく覚えておくんだよ」

そう父が続けて言ったからだ。

「こうして久しぶりに家族全員でいられること。みんなの笑顔。美味しい食べ物。ハルビンの午後の日差し……」

そう言って、家族を見つめて微笑んだ父の、全てを手に入れたような満ち足りた笑顔……。あの日の幸福感と共に、顕一は鮮明に覚えていた。

顕一は一礼して、マスクをつけながら、また空を見上げる。

空はどこまでも青く澄んでいる。

本当に素晴らしい日だ。

顕一は微笑む。

この一日が、若い二人にとって、その後の人生を時に導き、時にあたためてくれるような、かけがえのない記憶になることを、そっと願った。

本書は『収容所から来た遺書』（辺見じゅん著）を原作とした映画『ラーゲリより愛を込めて』ノベライズ作品で、文春文庫オリジナルです。

映画脚本：林 民夫
ノベライズ：前川奈緒
出版協力：ＴＢＳテレビメディアビジネス局映画・アニメ事業部

地図制作：木村弥世
ＤＴＰ制作：エヴリ・シンク

文春文庫

ラーゲリより愛《あい》を込《こ》めて

定価はカバーに表示してあります

2022年8月10日　第1刷
2024年7月15日　第9刷

原　作　辺《へん》見《み》じゅん
映画脚本　林《はやし》 民《たみ》夫《お》
発行者　大沼貴之
発行所　株式会社 文藝春秋

東京都千代田区紀尾井町 3-23　〒102-8008
TEL 03・3265・1211㈹
文藝春秋ホームページ　http://www.bunshun.co.jp

落丁、乱丁本は、お手数ですが小社製作部宛お送り下さい。送料小社負担でお取替致します。

印刷・TOPPANクロレ　製本・加藤製本　Printed in Japan
ISBN978-4-16-791921-4

（　）内は解説者。品切の節はご容赦下さい。

赤川次郎
赤川次郎クラシックス 幽霊列車
山間の温泉町へ向う列車から八人の乗客が蒸発。中年警部・宇野は推理マニアの女子大生・永井夕子と謎を追う――。オール讀物推理小説新人賞受賞作を含む記念碑的作品集。（山前　譲）
あ-1-39

有吉佐和子
青い壺
無名の陶芸家が生んだ青磁の壺が売られ贈られ盗まれ、十余年後に作者と再会した時――。壺が映し出した人間の有為転変を鮮やかに描き出した有吉文学の名作、復刊！（平松洋子）
あ-3-5

芥川龍之介
羅生門《らしょうもん》 蜘蛛《くも》の糸《いと》 杜子春《とししゅん》 外十八篇
昭和、平成とあまたの作家が登場したが、この天才を越えた者がいただろうか？　近代知性の極に荒廃を見た作家の、光芒を放つ珠玉集。日本人の心の遺産「現代日本文学館」その二。
あ-29-1

浅田次郎 編
見上げれば 星は天に満ちて
心に残る物語――日本文学秀作選
鷗外、谷崎、八雲、井上靖、梅崎春生、山本周五郎……。物語はあらゆる日常の苦しみを忘れさせるほど、面白くなければならないという浅田次郎氏が厳選した十三篇。輝く物語をお届けする。
あ-39-5

朝井リョウ
武道館
【正しい選択】なんて、この世にない。「武道館ライブ」という合言葉のもとに活動する少女たちが最終的に〝自分の頭で〟選んだ道とは――。大きな夢に向かう姿を描く。（つんく♂）
あ-68-2

朝井リョウ
ままならないから私とあなた
平凡だが心優しい雪子の友人、薫は天才少女と呼ばれる。成長に従い、二人の価値観は次第に離れていき、決定的な対立が訪れるが……。一章分加筆の表題作ほか一篇収録。（小出祐介）
あ-68-3

阿部和重
オーガ（ニ）ズム（上下）
ある夜、瀕死の男が阿部和重の自宅に転がり込んだ。その男の正体はＣＩＡケースオフィサー。核テロの陰謀を阻止すべく、作家たちは新都・神町へ。破格のロードノベル！（柳楽　馨）
あ-72-2

彩瀬まる
くちなし
別れた男の片腕と暮らす女。運命で結ばれた恋人同士に見える花。幻想的な世界がリアルに浮かび上がる繊細で鮮烈な短篇集。直木賞候補作・第五回高校生直木賞受賞作。（千早　茜）
あ-82-1

朝比奈あすか
人間タワー
毎年6年生が挑んできた運動会の花形「人間タワー」。その是非をめぐり、教師・児童・親が繰り広げるノンストップ群像劇。無数の思惑が交錯し、胸を打つ結末が訪れる！（宮崎吾朗）
あ-84-1

五木寛之
蒼ざめた馬を見よ
ソ連の作家が書いた体制批判の小説を巡る恐るべき陰謀。直木賞受賞の表題作を初め、「赤い広場の女」「バルカンの星の下に」「夜の斧」など初期の傑作全五篇を収録した短篇集。（山内亮史）
い-1-33

井上　靖
おろしや国酔夢譚
船が難破し、アリューシャン列島に漂着した光太夫ら。厳寒のシベリアを渡り、ロシア皇帝に謁見、十年の月日の後に帰国できたのは、ただのふたりだけ。映画化された傑作。（江藤　淳）
い-2-31

井上ひさし
四十一番の少年
辛い境遇から這い上がろうと焦る少年が恐ろしい事件を招く表題作ほか、養護施設で暮らす子供の切ない夢と残酷な現実が胸に迫る珠玉の三篇。自伝的名作。（百目鬼恭三郎・長部日出雄）
い-3-30

色川武大
怪しい来客簿
日常生活の狭間にかいま見る妖しの世界——独自の感性と性癖、幻想が醸しだす類いなき宇宙を清冽な文体で描きだした、泉鏡花文学賞受賞の世評高き連作短篇集。（長部日出雄）
い-9-4

色川武大
離婚
納得ずくで離婚したのに、なぜか元女房のアパートに住み着いてしまって。男と女の不思議な愛と倦怠の世界を、味わい深い筆致とほろ苦いユーモアで描く第79回直木賞受賞作。（尾崎秀樹）
い-9-7

（　）内は解説者。品切の節はご容赦下さい。

受け月
伊集院　静
願いごとがこぼれずに叶う月か……。高校野球で鬼監督と呼ばれた男が、引退の日、空を見上げていた。表題作他、選考委員に絶賛された「切子皿」など全七篇。直木賞受賞作。（長部日出雄）
い-26-4

羊の目
伊集院　静
男の名はサイレントマン。神に祈りを捧げる殺人者――。戦後の闇社会を震撼させたヤクザの、哀しくも一途な生涯を描き、なお清々しい余韻を残す長篇大河小説。（西木正明）
い-26-15

南の島のティオ　増補版
池澤夏樹
ときどき不思議なことが起きる南の島で、つつましくも心豊かに成長する少年ティオ。小学館文学賞を受賞した連作短篇集に「海の向こうに帰った兵士たち」を加えた増補版。（神沢利子）
い-30-2

沖で待つ
絲山《いとやま》秋子
同期入社の太っちゃんが死んだ。私は約束を果たすべく、彼の部屋にしのびこむ。恋愛ではない男女の友情と信頼を描く芥川賞受賞の表題作。「勤労感謝の日」ほか一篇を併録。（夏川けい子）
い-62-2

あなたならどうする
井上荒野
「ジョニィへの伝言」「時の過ぎゆくままに」「東京砂漠」――昭和の歌謡曲の詞にインスパイアされた、視点の鋭さが冴える九篇。恋も愛も裏切りも、全てがここにある。（江國香織）
い-67-6

死神の精度
伊坂幸太郎
俺が仕事をするといつも降るんだ――七日間の調査の後その人間の生死を決める死神たちは音楽を愛し大抵は死を選ぶ。クールでちょっとズレてる死神が見た六つの人生。（沼野充義）
い-70-1

死神の浮力
伊坂幸太郎
娘を殺された山野辺夫妻は、無罪判決を受けた犯人への復讐を計画していた。そこへ人間の死の可否を判定する〝死神〟の千葉がやってきて、彼らと共に犯人を追うが――。（円堂都司昭）
い-70-2

阿部和重・伊坂幸太郎
キャプテンサンダーボルト（上下）
大陰謀に巻き込まれた小学校以来の友人コンビ。不死身のテロリストと警察から逃げきり、世界を救え！　人気作家二人がタッグを組んで生まれた徹夜必至のエンタメ大作。（佐々木　敦）
い-70-51

伊吹有喜
雲を紡ぐ
不登校になった高校2年の美緒は、盛岡の祖父の元へ向う。羊毛を手仕事で染め紡ぐ作業を手伝ううち内面に変化が訪れる。親子三代「心の糸」の物語。スピンオフ短編収録。（北上次郎）
い-102-2

岩井俊二
番犬は庭を守る
原発が爆発し臨界状態となった国で生れたウマソー。成長しても生殖器が大きくならない彼に次々襲いかかる不運、悲劇、やがて見出す希望の光。無類に面白い傑作長篇。（金原瑞人）
い-103-3

内田春菊
ダンシング・マザー
戦前に久留米で生まれた逸子。華麗な衣装を縫い上げて、ダンスホールの華になるが、結婚を機に運命は暗転。情夫の娘への性虐待を黙認するに至った女の悲しき半生の物語。（内田紅甘）
う-6-17

内田英治
ミッドナイトスワン
トランスジェンダーの凪沙は、育児放棄にあっていた少女・一果を預かることになる。孤独に生きてきた凪沙に、次第に母性が芽生えていく。切なくも美しい現代の愛を描く、奇跡の物語。
う-37-1

江國香織
赤い長靴
二人なのに一人ぼっち。江國マジックが描き尽くす結婚という不思議な風景。何かが起こる予感をはらみつつ、怖いほど美しい十四の物語が展開する。絶品の連作短篇小説集。（青木淳悟）
え-10-1

江國香織・小川洋子・川上弘美・桐野夏生
小池真理子・髙樹のぶ子・髙村　薫・林　真理子
甘い罠
8つの短篇小説集
江國香織、小川洋子、川上弘美、桐野夏生、小池真理子、髙樹のぶ子、髙村薫、林真理子という当代一の作家たちの逸品だけを収めたアンソロジー。とてつもなく甘美で、けっこう怖い。
え-10-2